Kim Lorenz

Langeoog
Flut

4. Fall für Kathrin Hansen

Zum Buch

Bei einer Strandaufspülung am Oststrand von Langeoog wird ein makabrer Fund entdeckt. Zusammengepappt mit Sand, Muscheln, Meeresschlick, spukt die Rohrleitung eines Saugbaggers die Knochenreste eines Menschen aus. Eine Frau, die vermisst, aber nie gefunden wurde. Für Kathrin Hansen ein verworrener Fall, da die Spuren in die Vergangenheit führen. Kurz darauf gibt es am Weststrand ein weiteres Mordopfer in einem Strandkorb und besorgt sieht die Hauptkommissarin die Sicherheit der Feriengäste gefährdet. Als sie feststellt, dass ein Auftragsmörder sich auf der Insel vergnügt, sind ihr selbst die Beweise, die ihre Kriminalassistentin auf dunklen Pfaden aus dem Hut zaubert, recht.

Kim Lorenz

Langeoog
Flut

4. Fall für Kathrin Hansen

Bibliografische Information der Deutschen
Nationalbibliothek:
Die Deutsche Nationalbibliothek verzeichnet diese
Publikation in der Deutschen Nationalbibliografie; detaillierte
bibliografische Daten sind im Internet über
http://dnb.dnb.de abrufbar.

Herstellung und Verlag:
BoD – Books on Demand, Norderstedt
ISBN 978-3-7543-4977-9

1. KAPITEL

Mit zusammengekniffenen Augen betrachtete Kathrin Hansen kritisch den Himmel. Bis zum Horizont brauten sich schwere dunkle Wolken zusammen und es sah mächtig nach Sturm und Regen aus. Nicht schon wieder, fuhr es ihr durch den Kopf, für dieses Jahr haben wir es schon dicke genug bekommen. Sie dachte an die dramatischen Dünenabbrüche am Oststrand, die während der letzten Sturmflut entstanden waren. Noch immer war die Strandaufspülung im vollen Gange und würde bis weit in die Saison hineingehen. Etwas, das die Verantwortlichen für den Ferienbetrieb nachts nicht schlafen ließ, doch Küstenschutz hatte oberste Priorität. Kurz erwog Kathrin Hansen, ob sie noch schnell etwas zum Mittagessen besorgen sollte bevor der Regen los prasselte. Sie verließ die Terrasse, ging in die Küche, öffnete mit wenig Hoffnung den Kühlschrank. Stirnrunzelnd betrachtete sie den

Inhalt. »Mager«, knurrte sie und starrte auf ein paar Eier und ein halbes Glas Gewürzgurken. Nichts, was sie vom Hocker riss. Kurz entschlossen griff sie nach der Schultertasche, prüfte, ob die Geldbörse im Seitenfach steckte und verließ das Haus.

Gerade lenkte sie ihr Bike in die Barkhausenstraße, als der Wind stärker wurde und die ersten Regentropfen ihr Gesicht streiften. Okay, also erst zum Gemüsemann und dann zum Fischhuus entschied sie. Dreißig Minuten später stand sie bereits wieder in der Küche und legte das Eingekaufte auf die Arbeitsplatte. Ihr Plan war eine Pfanne Bratkartoffeln mit gerösteten Zwiebeln, gebratenem Seelachs und dazu frischer, knackiger Eisbergsalat. Und sie konnte sich Zeit lassen, Hindrik kam erst gegen zwölf, also in etwa einer Stunde, und sie selbst hatte an diesem Dienstag dienstfrei.

Glücksgefühle stiegen in ihr hoch, sie freute sich auf einen wunderbaren entspannten Tag.

Mit »A Love Like That«, unterbrach die Handymelodie ihr Hoch und der Blick auf das Display ließ die Laune auf den Nullpunkt sinken. Ava Sari, die gute Seele der Dienststelle, würde sie nicht an ihrem freien Tag anrufen, wenn es nicht etwas Wichtiges wäre, wenn ihre Präsenz nicht zwingend gefragt würde.

»Ava, was ist los?«, fragte sie und hoffte, es würde sich doch nur um eine Bagatelle handeln.

»Wir haben einen Toten, das heißt, das, was von ihm übrig geblieben ist«, meldete Ava Sari.

»Sag jetzt nicht, dass ein Gewaltverbrechen vorliegt«, erwiderte Kathrin Hansen und verspürte schlagartig ein flaues Gefühl in der Magengegend.

Einen Moment blieb es still, dann berichtete Ava Sari, dass bei der Strandaufspülung in Höhe des *Pirolatal* ein Transportrohr etwas ganz Makabres ausgespuckt hätte.

Irritiert versuchte Kathrin Hansen das Gehörte einzuordnen, stellte sich den Vorgang der Strandaufspülung vor.

»Transportrohr, sagst du? Die Leitung, die das aufgesaugte Material aus dem Meer zum Strand transportiert?«

»Genau.

Doch dazu wird dir Jan Felder, der technische Leiter des Unternehmens, näheres sagen. Er hat die Arbeiten sofort gestoppt, ist aber äußerst nervös. Jede Ausfallstunde des Baggerschiffes kostet ihn eine Stange Geld, so seine Aussage.«

Frustriert stöhnte Kathrin Hansen auf, den Rest des freien Tages konnte sie sich abschminken.

»Okay, sag Felder, dass ich in einer halben Stunde dort sein werde. Was ist mit Olli und Maike, kann einer von ihnen dazukommen?«

»Olli ist rüber nach Wittmund zur Polizeiinspektion, aber Maike ist hier in der Dienststelle, ich sage ihr Bescheid.«

»Gut, ich melde mich dann von der Fundstelle. Könnte sein, dass wir die Pathologin hinzuziehen müssen, obwohl ich das unter diesen Umständen kaum glaube.«

2. KAPITEL

So richtig auf das gespannt, was sie erwarten würde, stellte Kathrin Hansen das Bike an einen Haltepfosten und stapfte den Übergang *Gerk sin Spoor* hoch. Auf der Höhe der Düne blieb sie stehen und verschaffte sich einen Überblick. Wie eine dösende Schlange in der Mittagssonne lag die braune eiserne Rohrleitung im Sand, um nach einigen hundert Metern im Meer zu verschwinden. Kathrin Hansen wusste, unter dem Meeresspiegel würde die Transportleitung in ein flexibles Kunststoffrohr übergehen, das von einem Baggerschiff aufgenommen wurde. Ihr Blick wanderte weiter zu der Gruppe Männer, die um das Ende der Spülleitung standen und auf einen Hügel starrten, der durch mit Hochdruck ausgeworfenen Sand entstanden war. An seiner hohen, kräftigen Gestalt erkannte sie Jan Felder und wollte gerade zum Strand hinuntergehen, als sie hinter sich die Stimme von Maike Jansen hörte.

»Moin, Kathrin, warte, ich komme mit«, meldete sich diese mit fröhlicher Stimme. Wie immer war die agile, sportliche Kriminalassistentin flott unterwegs und stand auch schon neben ihrer Chefin.

»Ist doch echt krass, was das Meer da ausgespuckt hat«, äußerte sie sich. »Da bin ich nun wirklich gespannt, was uns hier geboten wird.«

»Könnte ich gut darauf verzichten«, murrte Kathrin Hansen. »Ich war gerade dabei ein leckeres Mittagessen zu bereiten, was ich jetzt ja wohl vergessen kann.«

»Ach, das hier wird bestimmt nichts Bedeutendes sein und nachher kannst du es dir mit Hindrik so richtig gutgehen lassen«, antwortete Maike Jansen aufmunternd.

»Hoffentlich.«

Kathrin Hansen war sich da nicht so sicher.

»Aber komm, wir wollen uns die Geschichte mal ansehen.«

Von der Bruchkante der Schutzdüne führte ein schmaler ausgetretener Spalt nach unten und kurz darauf begrüßten sie die Männer.

Jan Felder, ein Riese von einem Mann, kannte Kathrin Hansen. Bei Beginn des Projektes hatte er sich bei ihr auf der

Dienststelle vorgestellt und die Chemie zwischen ihnen hatte sofort gestimmt. Felder war etwa Mitte fünfzig und durch und durch Ostfriese. Für ihn war der riesige Aufwand zur Sicherung der Schutzdünen keine Arbeit sondern eine Herzensangelegenheit. Bei ihm liefen alle Fäden der Dünensanierung zusammen, er war beliebt, und selbst die Dänen auf den Baggerschiffen hielten große Stücke auf ihn. Unter seinen buschigen blonden Brauen blickten seine klaren Augen Kathrin Hansen besorgt an.

»Moin, Kathrin, wir haben ein Problem.«

Er wich zur Seite und gab den Blick frei auf eine rundum mit Muscheln markierte Stelle auf einem Sandhügel.

»Als ich gesehen habe, was das Rohr da ausgeworfen hat, habe ich sofort die Pumpen stoppen lassen und die Fundstelle markiert. Wir haben nichts angefasst, sondern direkt deine Dienststelle angerufen.«

»Wow, Jan, das nenne ich eine lupenreine Sicherung. Danke. Dass ihr in dem Mischmasch überhaupt erkannt habt, was hier vorliegt, alle Achtung.«

Zustimmend nickte Felder und zeigte auf einen klein gebauten, stämmigen Mann neben sich.

»Das können wir Klaas verdanken, er kontrolliert, was das Rohr auswirft und hat sofort erkannt, um was es sich handelt.«

Anerkennend nickte die Hauptkommissarin dem Mann zu und ging dann behutsam an die markierte Stelle heran. Neben sich hörte sie, wie Maike Jansen etwas vor sich hin brummelte. Ein in sich verstricktes Knäuel aus Schlick, Schlinggewächs und Reste eines menschlichen Skelettes stach wie ein abstraktes Kunstwerk aus dem Sand heraus. Als Kathrin Hansen sich über den Fund beugte und erkannte, dass es sich bei dem Schlinggewächs um ein dickes Tau handelte, wurde ihr schlagartig klar, dass dieser Mensch vermutlich keines natürlichen Todes gestorben war.

In der Hinterlassenschaft von Tod und Moder erkannte sie einen mit Schlick bedeckten Schädel und eine bis auf die Knochen fleischlose Hand. In dem Gemenge glaubte sie weitere Knochen erkennen zu können, wusste sie aber nicht einzuordnen. Ihr Blick wanderte zurück zu der Hand und sie bemerkte eine Verdickung an einem der Finger, so, als ob eine Alge sich darum gewickelt hätte. Beim genauen Hinsehen ahnte sie was es war und ließ ein überraschtes »Wow« hören. Das könnte ein Ring sein, dachte sie, das wärs ja.

Vielleicht kann der uns etwas über seinen Besitzer sagen.

Sie trat einige Schritte zurück, musterte kritisch das aufgespülte Material, blickte auf die See hinaus in Richtung Westküste, wo dass Baggerschiff ankerte. Die Überlegung, die Fundstelle absperren zu lassen, verwarf sie augenblicklich. Hier mussten sie anders vorgehen. Sie wandte sich an Felder und zeigte auf das Schiff.

»Jan, dieser Sandauswurf hier, ist definitiv da draußen aufgenommen worden?«

»Klar, seit Tagen wird an der gleichen Stelle gebaggert und ich schätze, dass wir noch einige tausend Kubikmeter aufnehmen werden, bevor der Standort verlagert wird.«

»Heißt«, warf Maike Jansen ein, »dass genau dort unten auf dem Meeresboden die Leiche gelegen haben muss.«

»Was aber nicht bedeutet, dass dies immer so gewesen ist«, gab Felder zu bedenken. »Durch die Kräfte von Wasser und Wind verändert sich ständig der Meeresboden. Dann die Gezeitenströmungen, es wird viel bewegt.«

»Wie viel Sand wird so an einem Tag herausgeholt?«, wollte Kathrin Hansen wissen.

»Etwa 10.000 Kubikmeter.«

»Und die gehen alle auf ein Schiff?«, hakte

Maike Jansen nach.

Lächelnd blickte Felder sie an.

»Das wäre schön, dann könnten wir Arbeitsstunden und eine Menge Geld sparen.« Er schüttelte den Kopf.

»Nein, es ist so, dass die drei draußen liegenden Schiffe im Wechsel den Sand aufnehmen und vor der Küste, so wie hier, durch die Transportleitung auf den Strand spülen.« Besorgt blickte er auf die hohen Meereswellen.

»Wir müssen zum Ende kommen, die Flut wird stärker. Kathrin, wie geht es jetzt weiter?«

Nachdenklich blickte Kathrin Hansen zu ihrer Kollegin hin, die bereits ihr Handy in der Hand hielt und wohl den gleichen Gedanken hatte.

»Maike, ruf Olaf Klemens, den Chef der Feuerwehr an. Er möchte sofort einen Elektrokarren mit einer großen Transportkiste schicken. Dort hinein legen wir den Fund. Von dem Sand und Schlick drum herum nehmen wir so viel wie möglich mit. Vorher mache ich noch die Fotos.« Mit Blick auf die Uhr nickte sie zufrieden.

»Mit der Nachmittagsfähre überführen wir die Überreste nach Wittmund in die Pathologie. Eine Ankündigung und die Fotos schicke ich Sonja Klaes schon mal vorab. Es wird nicht einfach sein, brauchbare Hinweise über die Identität des Toten zu finden.«

3. KAPITEL

Mehr als gewöhnlich wuselte sie beim Kochen hin und her. Sie wollte die Gedanken an den grausigen Fund unterdrücken, was ihr jedoch nicht gelang. Dieser blank polierte menschliche Schädel, der vielleicht einmal mit einem schönen Antlitz überzogen war, ging ihr nicht aus dem Kopf. Sie hatte keinerlei Vorstellung, ob es sich um die Überreste einer Frau oder eines Mannes handelte. Zumindest musste es der Größe nach eine ausgewachsene Person gewesen sein. Und dann dieser Ring an der Knochenhand. Sie hatte die Pathologin gebeten, diesen zuerst zu analysieren und das Ergebnis ihr sofort zu mailen. Dabei war Kathrin Hansen bewusst, dass die Insel, und damit auch sie, mit der ganzen Sache nicht unbedingt etwas zu tun haben mussten. Wie Felder schon sagte, im Meer ist ständig alles in Bewegung, was heute hier ist, war gestern an ganz anderer Stelle. Und dass es ein Tau war, in dem die Skelettteile verstrickt waren, musste nicht unbedingt bedeuten, dass es sich um ein Gewaltverbrechen handelte. Bei einem Unfall konnte die Person sich darin verwickelt haben und war über Bord gegangen, oder das Tau hat erst im Meer den Körper erfasst. Und doch ließ Kathrin Hansen das Gefühl nicht los, dass der Tod des Opfers durch Gewalt verursacht wurde und mit Langeoog verknüpft war.

Gerade wendete sie den Seelachs in der Pfanne, als sie hörte, wie Hindrik in die Küche kam, sie von hinten an sich drückte und einen Kuss auf ihren Nacken drückte.

»Wow, du musst gewusst haben, was ich brauche, um einige dunkle Gedanken loszuwerden«, sagte sie lachend, drehte sich um und blickte in sein müdes Gesicht.

»Dunkle Gedanken?«, antwortete Hindrik, »damit ist jetzt Schluss.«

Er spinkste nach der Bratpfanne auf dem Herd.

»Hm, sieht lecker aus und es passt, dass wir erst jetzt essen. Von heute Morgen bis gerade eben hing ich in einer Videokonferenz fest. Zu Mittag hätte ich gar nicht kommen können.«

»Und, hat es sich wenigstens gelohnt?«, fragte Kathrin Hansen interessiert.

»Und wie. Zwanzig Prozent Budgeterhöhung

für das laufende Jahr wurden mir vom Stiftungsvorstand genehmigt. Eine Summe, mit der ich nicht gerechnet hatte.«

Tief atmete Hindrik durch.

»Nun kann ich endlich in moderne Kommunikationsmittel investieren, iPads sind schon lange fällig. Eines Tages werden meine Jugendlichen das Heim verlassen und dann müssen sie mit den modernen Medien umgehen können.«

»Ja, super.«

Kathrin Hansen freute sich mit ihm. Sie wusste, wie besorgt ihr Lebensgefährte war, wenn es um die Zukunft seiner Schützlinge ging.

Kurz verschwand Hindrik im Bad und deckte anschließend den Esstisch. Kathrin Hansen stellte die schwere Eisenpfanne, aus der ein verlockender Duft aufstieg, auf den Tisch und bat Hindrik den Salat mitzubringen.

Schweigend aßen sie eine Weile, bis Hindrik fragend zu ihr hinblickte.

»Was hat dich eigentlich dazu veranlasst an deinem freien Tag zur Dienststelle zu fahren, ist etwas passiert?«

Leicht nickte Kathrin Hansen.

»Ja, es ist etwas passiert.
Dienststelle, nein.«

Sie berichtete von dem Vorfall am Oststrand und bemerkte wie Hindrik sie ungläubig anstarrte.

»Hört sich an wie in einem Gruselroman«, kommentierte er trocken.

»Stimmt.

Stell dir vor, die Knochenreste eines Menschen zusammengepappt mit Sand, Muscheln, Meeresschlick, ausgespuckt von einer Rohrleitung, das ist doch makaber. So etwas hat man nicht alle Tage.«

Nachdenklich blickte sie auf ihre Armbanduhr, überflog, wie lange die menschlichen Überreste bereits in der Pathologie waren, überlegte, ob Sonja Klaes die ersten Untersuchungen schon durchgeführt haben könnte.

»Und wie geht es jetzt weiter?«, wollte Hindrik wissen.

Sie zuckte mit den Schultern.

»Hängt davon ab, ob die Identität des Toten festgestellt werden kann. Ob es eine Verbindung zu Langeoog gibt.«

Kathrin Hansen seufzte auf.

»Wenn das so sein sollte, steht uns eine Puzzlearbeit mit unbekanntem Motiv bevor. Nicht gerade die Arbeit, um die ich mich reiße.« Dabei dachte sie an den Ring, der allen

Widerständen zum Trotz an der knochigen Hand hängengeblieben war.

»Ist es nicht so, dass der Tote, sollte er von der Insel sein, als vermisst gemeldet sein müsste?«, meinte Hindrik nachdenklich.

»Tja«, Kathrin Hansen überlegte, ob es vor längerer Zeit diesbezüglich eine Meldung gegeben hatte, war sich aber sofort sicher, dass dies nicht der Fall war. So etwas hätte sie nicht vergessen.

»Also bekannt ist mir nichts, doch das heißt nichts. Klar, wäre es ein Insulaner, wüssten wir das, doch sonst? Denk an die Leute, die hier Ferienimmobilien besitzen, an die Urlauber, Mitarbeiter von Firmen, die zeitweilig hier arbeiten, Pendler vom Festland, da bietet sich einiges an.«

Sie blickte raus auf das Meer, das gewaltig tobte und verspürte plötzlich den Drang, sich ordentlich durchpusten zu lassen.

»Was hältst du davon, wenn wir eine Runde am Strand laufen und es uns danach so richtig schön gemütlich machen?«, meinte sie und blickte Hindrik erwartungsvoll an.

»Genau die Idee hatte ich auch gerade, ich bin dabei«, stimmte Hindrik zu.

4. KAPITEL

Gut aufgelegt ging Kathrin Hansen in die Dienststelle. Mit Hindrik hatte sie einen schönen Abend verbracht und es tatsächlich geschafft, die Gedanken an den grausigen Fund zu vergessen. Wie jeden Morgen duftete es bereits nach frisch aufgebrühtem Kaffee. Ava Sari wusste, dass ihre Chefin ohne einen gewissen Koffeinkonsum nicht in die Pötte kam und stellte morgens als erstes die Kaffeemaschine an. Ab Mittag war dann Tee angesagt, und der möglichst auf ostfriesische Art.

Sich umblickend bemerkte Kathrin Hansen, dass Maike Jansen und Olli Friedrichs noch nicht eingetrudelt waren. Ungewöhnlich, beide waren Frühaufsteher und in der Regel vor ihr in der Dienststelle.

»Die beiden lassen sich für eine Stunde entschuldigen«, meldete aber auch schon Ava Sari. »Gleich heute früh hat sich wohl der

Maler angesagt, den Olli beauftragt hat.«

»Olli hat wen beauftragt?«, fragte Kathrin Hansen irritiert.

»Du weißt doch, die beiden ziehen zusammen. Heißt: Maike zieht zu Olli ins Haus«, half Ava Sari ihr auf die Sprünge.

»Ach, und das wird jetzt renoviert?«

»Genau. Maike hat ja ein Faible für klare Linien, für helle Farben und so. Olli hat ihr da freie Hand gelassen.«

»Okay, dann werde ich jetzt mal nachhören, ob Sonja Klaes uns schon etwas zu bieten hat.« Kaum hatte Kathrin Hansen es ausgesprochen, als das Festnetz sich meldete.

»Moin, Sonja Klaes hier«, meldete sich die Pathologin mit rauchiger Stimme.

»Sonja, das ist Gedankenübertragung«, antwortete Kathrin Hansen. »Ich wollte dich gerade anrufen.«

»Na, das passt ja. Doch erst mal einen Schluck Kaffee.«

Schmunzelnd erinnerte sich Kathrin Hansen daran, dass die Pathologin ebenfalls eine Kaffeetante war.

»So, jetzt zur Sache«, meldete sich Sonja Klaes wieder. »Auf deinen Wunsch hin habe ich dem Ring, der an dem Fingerknochen steckte, Priorität gesetzt. Doch etwas

Grundsätzliches vorab um einen ersten Eindruck zu bekommen. Also, es handelt sich um die Überreste einer Frau, geschätztes Alter Mitte bis Ende fünfzig. Mein Schwager in der Forensik wird sich damit noch genauer beschäftigen.

Aber jetzt kommt es: In der hinteren rechten Schädeldecke befindet sich ein wunderschönes kreisrundes Loch.

Heißt: Die Frau wurde erschossen.

Aber auch hierzu später mehr.«

Es blieb einen Moment still.

Sonja Klaes schien sich einen weiteren Schluck Kaffee zu gönnen, Kathrin Hansen ließ sich auf ihren Schreibtischstuhl plumpsen.

Erschossen!

Mord!

Sie hatte es geahnt.

Jetzt fehlte nur noch, dass es eine Verbindung zu Langeoog gab, dann hatte sie ihr Puzzle mit unbekanntem Motiv.

»Nun zurück zu dem Ring«, ließ sich Sonja Klaes wieder vernehmen. »Es handelt sich wahrscheinlich um einen Ehering. 585er Gold, schlichte Ausführung, gemäßigte Abnutzung.

Inschrift: *Benno und Ilse 1998*.

Kathrin, sagen dir die Namen etwas?«

Im Schnelldurchlauf checkte Kathrin

Hansen ihr Gedächtnis, doch da war nichts. Nichts, was sie irgendwie mit den Namen in Verbindung bringen könnte. Sie wiederholte laut die Namen und blickte zu Ava Sari hin, aber auch sie schüttelte den Kopf.

»Puh, Sonja, erschossen, das ist ja ein Ding, doch die Namen sagen uns nichts. Was damit zu tun haben kann, dass die Tote erst später vor unserer Küste angespült wurde.«

»Stimmt, so kann es sein. Doch das werden wir herausfinden. Unser Labor beschäftigt sich bereits mit der Analyse der Bodenrückstände, die an dem Skelett hafteten. Grob geschätzt liegt die Tote seit etwa zwei Jahren in der Nordsee.

Genaues folgt.

So, ich muss jetzt Schluss machen, melde mich aber sofort, sobald es Neuigkeiten gibt. Und natürlich abschließend dann der schriftliche Bericht. Macht euch auf eurer Trauminsel einen schönen Tag«, meinte sie noch lachend und beendete das Gespräch.

Mit mulmigem Gefühl lehnte sich Kathrin Hansen zurück und dachte an die Namen: Benno und Ilse. Jahreszahl 1998. Garantiert das Hochzeitsdatum. Durch das Eintreffen von Friedrichs und Maike Jansen wurde sie in ihren Überlegungen unterbrochen. Beide strahlten über das ganze Gesicht und Kathrin Hansen war wieder einmal zufrieden, dass die beiden sich gefunden hatten. Ihr Stellvertreter, ein typischer Vertreter seiner ostfriesischen Heimat und Maike Jansen, das quirlige Geschöpf aus Hamburg, gaben ein ideales Paar ab.

Sofort bemerkte Maike Jansen, dass Spannung in der Luft lag. Mit gerunzelter Stirn blickte sie ihre Chefin an.

»Kathrin, haben wir etwas verpasst?«

»Es gibt Neuigkeiten im Hinblick Fundort Oststrand. Gerade hat Sonja Klaes angerufen und uns darüber informiert, dass es sich um die Knochenreste einer Frau etwa Mitte fünfzig handelt. Und«, auf der Stirn der Hauptkommissarin bildete sich eine tiefe Kerbe, »die Frau wurde erschossen.«

»Nein.«

Entsetzt starrte Maike Jansen sie an.

»Erschossen, und wird dann vor unserer Küste ausgebaggert, das ist doch irre.«

Kathrin Hansen informierte ihre Kollegen über die bisher bekannten Ergebnisse. Bei Nennung der Namen wurde ihr Stellvertreter nachdenklich. Als Kind der Insel kannte Friedrichs alle Insulaner bis hin zum letzten Wattwurm.

»Benno und Ilse«, murmelte er schließlich,

schüttelte den Kopf und meinte, dass ihm die Namen nichts sagen würden. Maike Jansen hatte bereits ihr MacBook aufgeklappt und googelte Namen und Jahreszahl.

»Nichts«, verkündete sie, »keine Einträge die uns weiterbringen.«

»Standesamt«, warf Friedrichs ein, »Kirchenregister. Vielleicht finden wir dort etwas.«

Nicht ganz sicher, ob sie überhaupt schon etwas unternehmen sollten, schenkte sich Kathrin Hansen Kaffee nach. Noch haben wir nichts, das besagt, dass der Fall an uns hängen bleibt, fuhr es ihr durch den Kopf. Sollte es jedoch dazu kommen, könnte es bedeuten, dass ein Mörder auf der Insel herumschlich.

Eine potentielle Gefahr für die Feriengäste, für die Bewohner. Eine Horrorvorstellung.

Sie stellte die Tasse ab und nickte ihrem Stellvertreter zu.

»Olli, so können wir es angehen. Du und Maike nehmt euch die Register vor und werft auch einen Blick ins Einwohnermeldeamt. Rechnet damit, dass ihr es mit verstaubten Akten zu tun bekommt, mit Digitalisierung war damals noch nichts. Also nicht hier auf der Insel.«

»Was ist mit dem Archiv der Zeitung?«, warf

Maike Jansen ein.

»Gute Idee«, stimmte Kathrin Hansen zu.

»So weit ich weiß, gab es damals schon den *Insel Report*. Kürzlich wurde im Verlag doch groß gefeiert. 25 Jahre Zeitungsgeschichte, wenn ich mich nicht irre. Von daher könnte es tatsächlich sein, das etwas über eine Hochzeit von einem Paar mit Vornamen Benno und Ilse geschrieben steht.«

»Nur können wir das von hier aus nicht prüfen«, gab Maike Jansen zu bedenken und blickte auf den Monitor.

»Ausgaben des *Insel Report* sind erst ab 2010 digitalisiert. Also müssen wir im Verlagsarchiv stöbern.«

»Stimmt. Nur«, Kathrin Hansen schüttelte den Kopf, »wird keiner von uns deshalb jetzt nach Wittmund rüberfahren. Ich habe so das Gefühl, dass wir bald erfahren werden, wer die Tote ist.

5. KAPITEL

Unangekündigt tauchte am frühen Nachmittag Kriminalrat Dr. Heidkamp in der Dienststelle auf. Er musste mit der Mittagsfähre gekommen sein. Überrascht begrüßte Kathrin Hansen ihren Chef und meinte, mit ihm hätte sie heute nicht gerechnet, ob etwas Gravierendes geschehen sei. Beruhigend winkte Heidkamp ab und setzte sich ihr gegenüber auf einen Stuhl.

»Alles gut.

Es ist mehr eine private Angelegenheit, warum ich heute auf der Insel bin. Doch etwas Dienstliches habe ich auch im Gepäck.«

Erwartungsvoll blickte Kathrin Hansen ihn an.

»Ich wollte Ihnen den Besuch in die Pathologie ersparen und habe kurz vor der Abfahrt dort vorbeigeschaut. Quasi als Ihre Vertretung«, meinte er schmunzelnd.

Kathrin Hansen kannte ihn zur Genüge, um

zu wissen, dass er nicht mit Pauken und Trompeten bei ihr einfallen wollte. Schlechte Nachrichten verteilte er in der Regel schonend. Ein mulmiges Gefühl machte sich bei ihr bemerkbar, sie ahnte, dass es dicke kommen würde.

»Und?«

»Es ist unser Fall.

Unser Mordfall.«

Ehe sie nachhaken konnte, kam Ava Sari ins Büro und stellte Heidkamp eine Tasse Kaffee hin.

»Herr Kriminalrat, Kaffee schwarz ohne Zucker, ist das so recht?«

Dankbar nickte ihr Heidkamp zu und meinte, den könnte er gut gebrauchen.

»Unser Fall, heißt das, die Tote aus dem Meer hat mit Langeoog zu tun? Sie ist von hier?«, hakte Kathrin Hansen nach.

Heidkamp zog die Stirn kraus und wiegte bedenklich den Kopf.

»Fest steht, so die ersten Ergebnisse der Forensik, dass die Skelettreste ausschließlich mit dem Meeresboden behaftet sind, die der Fundort, sprich da, wo gebaggert wurde, aufweist. Bodensegmente haben sich in die Knochen hineingefressen, was die Liegezeit von zwei Jahren fundiert. Ob die Tote von der

Insel stammt, hier gelebt hat, ist noch festzustellen. Aufgrund des Fundortes jedoch naheliegend. Also gehen wir davon aus und werden uns darum kümmern. Morgen liegt die Zusammenfassung des Berichtes vor und wird uns mehr sagen.«

Heidkamp nahm einen Schluck Kaffee und ließ ein genussvolles Schlürfen hören. Eine Angewohnheit die Kathrin Hansen mittlerweile überhörte.

»Prüfen Sie mit ihren Leuten, ob es aufgrund der Inschrift in dem Ring der Toten Hinweise oder besser noch, Eintragungen gibt. Ich werde an die überbehördlichen Stellen entsprechende Anfragen stellen. Kann ja sein, dass die Frau bundesweit als vermisst gemeldet wurde.« Seufzend auf die Uhr blickend meinte Heidkamp, er müsste nun aber schon wieder los, die Handwerker in seinem Haus würden auf ihn warten. Interessiert blickte Kathrin Hansen ihn an. Für das kinderlose Ehepaar war sie so etwas wie eine Ersatztochter, wenn auch nie darüber gesprochen wurde. Elseke Heidkamp war eine Frau mit einem großen Herzen und wenn Kathrin Hansen in Wittmund war, versuchte sie, wenn ihre Zeit es erlaubte, Elseke zu besuchen. Manchmal auch nur für ein paar Minuten. Sehr zum Bedauern von Elseke, die nichts lieber tat, als sie zu betütteln und mit ihr über Gott und die Welt zu reden.

»Für wann ist der Umzug geplant und kann ich Elseke helfen?«, sagte sie und blickte Heidkamp lächelnd an.

Auf seiner Stirn bildete sich eine steile Falte.

»Das ist das Problem. Immer treten irgendwelche Altschäden zutage, die repariert werden müssen. Kürzlich erst ein defektes Wasserrohr, Fliesen wurden abgeklopft und anschließend bekam ich keinen Fliesenleger für die Neuverlegung. So ergeben sich Verzögerungen, wobei wir jedoch froh sind, dass die Mängel jetzt erkannt werden, und nicht erst, wenn wir schon im Haus wohnen. Doch ich denke in der kommenden Woche werden wir einziehen.« Ein glückliches Lächeln legte sich auf sein Gesicht und Kathrin Hansen freute sich mit ihm.

»Das ist doch schön, und wie gesagt, ich stehe zur Verfügung.«

»Danke für das Angebot, Elseke wird sich freuen, doch nun muss ich los.« Heidkamp erhob sich steif vom Stuhl und versprach sich sofort zu melden sobald er neue Informationen hätte.

Also doch, fuhr es Kathrin Hansen durch den Kopf, als ihr Chef das Büro verlassen hatte. Sie musste davon ausgehen, dass sich auf der Insel ein Mensch herumtrieb, der einen Mord auf dem Gewissen hatte. Toll, war ja auch gerademal so schön friedlich gewesen.

Ein Ruck ging durch ihren Körper, es half alles nichts, sie musste etwas unternehmen, musste sehen, dass sie Klarheit bekam. Wer auch immer diese Ilse gewesen war, bestimmt hatte sie es nicht verdient, wie Fischreste im Meer versenkt zu werden. Zweiundzwanzig Jahre fuhr es Kathrin Hansen durch den Kopf, wahrscheinlich die Zeit, in der die Frau mit ihrem Benno verheiratet gewesen war. Eine kritische Zeit, in der sich viele Paare trennten. Sie dachte daran, dass ihre Ehe gerademal vier Jahre gehalten hatte. Erinnerungen wollten hochkommen, energisch verbannte sie diese in die unterste Schublade.

»Benno«, murmelte sie vor sich hin, »wo finde ich dich?«

Es würde schwierig werden, sie hoffte auf Eintragungen in den Inselregistern, glaubte jedoch nicht so richtig daran. Mehr Hoffnung setzte sie darauf, dass der Kriminalrat bei den Bundesbehörden etwas auskramte. Eigentlich konnte doch ein Mensch nicht einfach so verschwinden ohne dass die Familie oder Bekannte sich darum kümmerten, gezielte Nachforschungen anstellten, infrage kommende Behörden informierten.

Konzentriert arbeitete sie noch zwei Stunden den Papierstapel auf ihrem Schreibtisch ab und war es dann leid. Sie brauchte Bewegung, frische Luft. Entschlossen informierte sie Ava Sari, dass sie etwas früher Schluss machen würde. Im Gegensatz zu dem stürmischen, nassen Wetter am Vortag war es fast windstill, wolkenlos sendete die Sonne gönnerhaft wärmende Strahlen aus, über der Insel lag ein unvergleichbares Flair.

Zuhause zog Kathrin Hansen Shorts und Shirt über, entschied sich für flache Laufschuhe und lief über die Höhenpromenade zum Übergang Sportstrand. Ohne sich darüber bewusst zu sein schlug sie die Richtung Oststrand ein. Es herrschte Ebbe und sie beobachtete eine Gruppe Kinder, die mit Begeisterung im Schlick buddelten während ihre Mütter entspannt zusammenhockten und sich Spannendes zu erzählen wussten. Szenen, die Kathrin Hansen jedes mal tief berührten und ihre Entscheidung auf Langeoog zu leben, hier ihren Dienst zu tun, bestätigten. Noch heute hielten alte Bekannte sie deshalb für verrückt. Als erfolgreiche Ermittlerin in Köln, mit einer steilen Karriere vor Augen, nun auf Langeoog, das konnte keiner nachvollziehen.

Leicht erhöhte sie das Lauftempo, atmete tief die salzige Luft ein und fühlte sich frei wie die Möwen, die sie mit hellem Geschrei umkreisten. Nach einer Weile erreichte sie den Oststrand an dem die Strandaufschüttung im vollen Gange war. Staunend blieb sie stehen und betrachtete die entstandenen Sandhügel. Mit einem riesigen Wasserstrahl spuckte das flexible Endstück der Transportleitung mit Hochdruck das im Meer ausgebaggerte Material auf den Strand. Da keiner der Arbeiter Kathrin Hansen bekannt vorkam lief sie ein Stück weiter und setzte sich in eine Dünennische auf einen Sandhügel. Sie fühlte die Spannung, die sie erfasste. Glaubte fast körpernah die Anwesenheit der Toten zu spüren, deren kümmerliche Überreste herausgefischt worden waren. Tief in sich versunken ließ sie die Blicke über das Meer gleiten, beobachtete das Baggerschiff, das weit im Westen ankerte und Meeresboden aufnahm. Wie würde sie es anstellen, wollte sie einen Menschen im Meer versenken, überlegte sie. So versenken, dass er niemals wieder ans Tageslicht käme. Dabei wurde ihr klar, dass

34

derjenige der die Tote im Meer entsorgte nicht damit gerechnet hatte dass dort einmal Meeresboden abgetragen würde. Bohrend setzte sich in Kathrin Hansen ein Gedanke fest: Nur ein Ortsunkundiger würde so handeln. Ein Mensch, der nichts von den Maßnahmen wusste, die nach einem dramatischen Strandabbruch durchgeführt wurden.

Also doch ein Fremder?

Einer, der von der See kommend vor die Küste geschippert ist und hier die Tote ins Meer versenkt hat? Nur wenige hundert Meter von der Insel entfernt?

Nie und nimmer.

Kathrin Hansen hakte den Gedanken sofort wieder ab. So idiotisch würde keiner sein. Auf offener See wäre so etwas einfacher durchzuführen ohne dabei Gefahr zu laufen beobachtet zu werden. Es kann sich nur so abgespielt haben, dass der Mörder von der Insel raus aufs Meer gefahren ist und dort seine schaurige Arbeit erledigt hat.

So ist es gelaufen, schoss es ihr durch den Kopf. Ein Stück war sie dem Mörder nähergekommen.

6. KAPITEL

Es versprach ein schöner Abend zu werden. Friederike Maartens hatte ihren Mann Bent sowie Kathrin Hansen und Hindrik in den Deichkrug eingeladen. Nach monatelanger Arbeit an ihrem neuen Wimmelbuch musste das einfach sein. Am Morgen hatte sie die Mail von ihrer Kölner Verlegerin erhalten wonach die Subskriptionsausgabe bereits verkauft war.

»Kinder«, Friederike hob das Weinglas und sah ihre Gäste mit glänzenden Augen an.

»Jetzt kann ich es euch ja sagen: Mein neustes Wimmelbuch ist beim Verlag und anscheinend auch bei meinen Fans gut angekommen. Heute Morgen habe ich die Nachricht erhalten.

Darauf stoßen wir an.

Prost!«

Spontan stand Kathrin Hansen auf, ging zu Friederike, drückte sie fest und gab ihr einen Kuss auf die Wange.

»Friederike, ich freue mich riesig für dich. Du bist die Größte.«

»Ach«, bescheiden winkte Friederike ab, »der Dank gilt den Kindern der Inselkoje, die mitgearbeitet und mich immer wieder motiviert haben. Bei der Begeisterung, die sie zeigten, musste das Buch einfach etwas werden.«

Verstohlen griemelte Bent Maartens in sich hinein. Oft genug hatte er mitbekommen, wie Friederike nachts aufgestanden war, sich an ihren Schreibtisch gesetzt und gearbeitet hatte. Als ehemalige Pädagogin wusste sie um den Freiraum, den Kinder benötigten, um ihre Kreativität ausleben zu können. Bei ihr hingegen musste alles perfekt stimmen und er zog sie manchmal damit auf indem er sie pingelig nannte.

Über ihren Erfolg freute sich auch Hindrik und er fragte Friederike, ob er für seine Heimkinder einige Exemplare erhalten könnte.

»Natürlich nur gegen Bezahlung«, meinte er nachdrücklich.

Lachend winkte Friederike ab.

»Hindrik, alles schon erledigt. Mehrere druckfrische Exemplare habe ich bereits für die Kinder der Inselkoje und für dein Heim geordert. Ein kleiner Beitrag meinerseits für deine großartige Arbeit, die du mit den traumatisierten Kindern auf die Beine stellst.«

»Danke«, murmelte Hindrik sichtlich berührt. In dem Moment kam die Chefin des Hauses an den Tisch und fragte, ob alles recht sei und ob sie das Essen auftragen lassen könnte. Eine Frage, die sie nicht wiederholen musste. Alle hatten einen gesunden Appetit mitgebracht und langten anschließend bei Scholle mit Bratkartoffeln ordentlich zu. Dabei erzählte Friederike lustige Begebenheiten, die sich bei der Gestaltung des Buches ergeben hatten, und was die Kinder am liebsten noch alles hineingepackt hätten.

»Doch dann wäre die Ausgabe um einige Seiten umfangreicher geworden und wir hätten den Verkaufspreis erhöhen müssen. Das wollte ich nicht. Ich stehe auf dem Standpunkt, dass auch Familien, die nicht gut betucht sind, sich das Buch leisten können«, meinte sie.

Schnell warf sie einen Blick zu ihrem Mann hin.

»Bent kam mit dem Vorschlag, meine Bücher auch den Onleihe-Bibliotheken zur Verfügung zu stellen. Dort kann sie jeder für eine befristete Leihdauer kostenlos herunterladen. Quasi als eBook. Wird ja heute viel gemacht.«

»Das setzt aber voraus, dass sie digitalisiert

werden müssen«, warf Hindrik ein.

»Genau. Und hier hat Heike Bader, meine Verlegerin, sofort zugesagt, das Projekt zu unterstützen. Auf Kosten des Verlages gibt es nun demnächst digitalisierte Ausgaben.«

»Toll.«

Kathrin Hansen war begeistert.

»Darüber werden sich bestimmt sehr viele Kinder freuen.«

Nach dem Essen bestellte Bent Maartens eine Runde Ostfriesischen Klaren, prostete allen zu und blinzelte dann zu Kathrin Hansen hin.

»Kathrin, hat sich da eigentlich schon etwas zu dem makabren Fund ergeben, der bei der Strandaufspülung entdeckt wurde?«, fragte er interessiert. Eigentlich hätte Kathrin Hansen überrascht sein müssen, dass er darüber Bescheid wusste, war es jedoch nicht. Als ehemaliger Chef der Hamburger Kripo hatte Maartens immer noch ausgezeichnete Kontakte zu den offiziellen Stellen. Etwas, das sie des Öfteren schamlos ausnutzte.

»Mal wieder zufällig mit alten Kumpels telefoniert?«, antwortete sie schmunzelnd.

Maartens zuckte mit den Schultern.

»Hat sich so ergeben. Ein Bekannter vom LKA, der bald in den Ruhestand geht, rief mittags an und hatte Fragen wegen den Anträgen und so. Na ja, dabei erwähnte er dann auch eure Anfrage. Es ging wohl darum, ob eine Frau vor etwa zwei Jahren als vermisst gemeldet wurde.«

Bestätigend nickte Kathrin Hansen.

»Genau.

Wir suchen nach einer Frau und, so nehmen wir an, nach ihrem Mann. Leider kennen wir nur die Vornamen der beiden. Ilse und Benno. Ach ja, ein Datum haben wir auch noch: 1998. Vermutlich das Hochzeitsdatum.«

Lisa Pleitgen, die gerade die Teller abräumte, hielt einen kurzen Moment inne. Sie hatte das Gespräch mitbekommen und irgendetwas regte sich in ihr. Zwar nicht direkt greifbar, meinte sie jedoch, die Namen zu kennen. Schweigend ging sie in die Küche, stellte das Geschirr ab und setzte sich vor den Computer. Wenn überhaupt, überlegte sie, musste es schon eine Weile her sein, dass sie mit Gästen, die Ilse und Benno hießen, zusammengekommen war. Schnell scrollte sie das laufende Jahr durch und öffnete dann die Gästeliste der beiden Jahre zuvor. Konzentriert kontrollierte sie die Eintragungen, doch da war nichts.

Na, war dann doch nur Einbildung, fuhr es ihr durch den Kopf und wollte die Ordner schließen, als sie versehentlich die Gästeliste für das Jahr 2016 anklickte. Sie zog die Stirn kraus und blickte auf die Eintragungen. Und da waren sie: Benno und Ilse Plaschke. In dem Jahr hatten sie mehrmals ein Doppelzimmer gebucht, in der Regel für zwei bis drei Tage. Im Oktober war der letzte Eintrag mit dem Vermerk: Hausneubau von Ehepaar Plaschke bezugsfertig, sie ziehen ein, voraussichtlich keine Übernachtungen mehr. In Klammern stand noch geschrieben: (Partyservice bei Einweihungsfete, Friesenstraße, Blumenstrauß mitnehmen).

Sofort stand Lisa Pleitgen wieder alles vor Augen. Benno Pleitgen, ein großer massiger Mann. Ein Neureicher, der bei jeder Gelegenheit hervorhob, dass er Geld hatte. Seine Frau dagegen eher mittelgroß, still, ein Mauerblümchen, das in seinem Schatten lebte. Beide etwa Mitte fünfzig, machten einen auf glückliches Ehepaar, das sie nicht waren. Als ständigen Wohnsitz hatten sie eine Anschrift in Köln angegeben. Puh, dachte Lisa Pleitgen, da wird sich Kathrin aber freuen.

7. KAPITEL

Schon bei Beginn der Morgendämmerung stand Kathrin Hansen auf. Sie fühlte sich wie gerädert, in der Nacht hatte sie immer wieder an Ilse Plaschke denken müssen, an das Mauerblümchen, wie die Chefin des Deichkrugs sie bezeichnet hatte. Für neun Uhr war eine Besprechungsrunde in der Dienststelle angesetzt, an der auch Kriminalrat Heidkamp per Telefonschaltung teilnehmen würde. Doch erst einmal musste sie den Kopf freikriegen.

Darauf bedacht, dass sie Hindrik nicht aufweckte, zog sie ihre Laufsachen an und verließ das Haus. Ein wolkenloser Himmel empfing sie und sie ahnte, dass es ein wunderschöner Tag werden würde.

Zumindest was das Wetter anbelangte.

Alles andere würde sich zeigen.

Schiete, dachte sie, jetzt haben wir den Fall endgültig an der Backe. Ehe sie sich wieder in ein Netz Vermutungen verstricken konnte erhöhte sie das Tempo und blickte konzentriert über die dahin plätschernden Wellen. Anfang Mai, das Meer war kalt, lief sie durch auslaufendes seichtes Wasser, fühlte die steigende Durchblutung und war einst mit der Insel. Dachte sie in solchen Momenten an Szenen der Vergangenheit, an den klebrigen ekligen Morast der Großstadt Kriminalität, durch den sie lange Zeit gestapft war, konnte Kathrin Hansen ihr jetziges Glück kaum fassen.

Schließlich wurde sie durch zwei Krabbenkutter, die weit draußen ihre Schleppnetze durchs Meer zogen, in die Realität zurück katapultiert. Mit Blick auf die Uhr zog sie eine enge Schleife, trabte auf den Übergang zu und überdachte die Agenda, die für die Dienstbesprechung angedacht war. Nochmals glitt ihr Blick zurück zu den Kuttern und ihr stellte sich die Frage, mit welchem Boot Ilse Plaschke aufs Meer hinaus gefahren wurde. Ob sie zu diesem Zeitpunkt bereits tot gewesen war.

Zuhause angekommen bemerkte sie mit Vorfreude den verlockenden Duft nach frisch gebrühtem Kaffee. Hindrik hatte bereits den Frühstückstisch gedeckt und gab ihr zehn Minuten Zeit zum Duschen.

»Danach gibt es nichts mehr für lahme Strandschnecken«, meinte er grinsend und zog schnell den Kopf ein, als Kathrin Hansen einen Laufschuh nach ihm warf.

»Warte, die Strandschnecke wird dir gleich deine letzten Haare vom Kopf fressen«, gab sie zurück und verschwand im Bad.

Punkt neun Uhr versammelte sich das Team im Besprechungsraum. Olli Friedrichs und Mike Jansen strahlten vor Glück, sie hatten wohl einen schönen Abend hinter sich. Wieweit es denn mit der Renovierung des Hauses sei und der Umzug von Mike schon terminiert wäre, wollte Kathrin Hansen wissen.

»Wenn unsere Handwerker weiterhin so zügig arbeiten kann es am Wochenende losgehen«, meinte Friedrichs.

»Na, dann sehen wir mal zu, dass bis dahin der Fall Ilse Plaschke geklärt ist«, entgegnete die Hauptkommissarin.

»Fangen wir an.«

Sie koppelte die Freisprechanlage und drückte die Verbindungstaste zu Heidkamp, der in seinem Büro in der Wittmunder Polizeiinspektion saß.

»Moin, ich bin dabei«, hörten sie ihn kurz darauf sagen und dann ein genussvolles

Geschlürfe.

»Himmel«, stöhnte Maike Jansen, fing den mahnenden Blick ihrer Chefin auf und verkniff sich weitere Bemerkungen.

»Moin«, erwiderte Kathrin Hansen, blickte kurz auf die Notizen, die sie sich abends zuvor im Deichkrug gemacht hatte und wollte wissen, ob der Kriminalrat Neuigkeiten hätte.

»Also, die Nachforschungen haben ergeben, dass vor drei Jahren bis heute keine Ilse Plaschke als vermisst gemeldet wurde. Eigentlich überhaupt keine Frau, die vom Alter her passen würde«, meldete Heidkamp. »Möglicherweise landen wir einen Treffer in den Einwohnermeldeämter, doch das dauert.«

»Können wir uns sparen«, erwiderte Kathrin Hansen. »Wir haben sie gefunden.« Sie klärte die Runde über das auf, was sie von Lisa Pleitgen erfahren hatte.

»Ein Haus auf der Insel«, meinte Heidkamp, »das ist nun wirklich eine Überraschung. Kennt einer von euch die Leute?«

Kathrin Hansen registrierte das Kopfschütteln und gab es dem Kriminalrat weiter. Benno Plaschke, Köln, murmelte Mike Jansen und hämmerte auf ihr MacBook ein.

»Topp, wie haben ihn«, ließ sie sich kurz darauf vernehmen.

»Firma *TransLog*. Inhaber Benno Plaschke. Köln, Butzweilerhof. Und super, eine Homepage gibt es auch.« Sie rief die Seite auf und ihre Kollegen hörten ein erstauntes »Donnerwetter, ein großer Laden.«

Mike Jansen drehte den Bildschirm für alle sichtbar herum und damit auch Heidkamp sich ein Bild machen konnte beschrieb Kathrin Hansen was die Homepage preisgab.

»Transport und Logistik scheint das Geschäftsfeld der Firma zu sein und wir sehen hier mehrere große Lagerhallen sowie einen beachtlichen Fuhrpark. Mega-LKW´s, solche Endlosteile, die ich immer so hasse, wenn ich sie auf der Autobahn überholen muss. Dazu gibt es ein modernes Verwaltungsgebäude. Sieht alles tip top aus. Mike, klick doch mal auf den Button *Über uns*.«

»Nicht gerade mein Typ«, entfuhr es Mike Jansen, als das Bild des Unternehmers erschien.

»Und da haben wir auch das Mauerblümchen«, ergänzte Kathrin Hansen leise. Sie spürte, wie Beklemmung sich in ihr regte, ahnte, dass Ilse Plaschke es nicht leicht gehabt haben muss. Sie verblasste neben ihrem Mann völlig. Zwar nur eine Portraitaufnahme, ließ jedoch das Gesicht des Mannes vermuten, dass er zu den Schwergewichtlern gehörte. So, wie ihn Lisa Pleitgen beschrieben hatte. Seine Frau wirkte dagegen hager, farblos, was auch der dunkelrote Lippenstift nicht überdecken konnte.

»Ilse Plaschke«, äußerte sich Kathrin Hansen, »so sah sie also aus.«

»Schickt mir doch mal eben ein Foto rüber«, bat Heidkamp. »So komme ich der Frau näher.«

»Mike, auch ein Foto an Sonja Klaes, es wird ihr bei der Arbeit helfen«, schob Kathrin Hansen nach.

»Wenn ich das also richtig verstanden habe«, resümierte Heidkamp, »hat das Ehepaar Plaschke 2016 ein Haus auf Langeoog gebaut und während der Bauzeit einige Male im Deichkrug übernachtet. Vermutlich waren sie auf der Insel, um das Projekt zu überwachen, Termine wahrzunehmen und Ähnliches. Im Oktober, nach Fertigstellung des Hauses, sind sie dann dort eingezogen.

Sehe ich das richtig?«

»Genau so«, bestätigte Kathrin Hansen. »Wobei es sich um eine Ferienimmobilie handelt. Wie oft und wie lange das Ehepaar dort gewohnt hat, ist noch festzustellen. Entsprechend den Angaben der Besitzerin vom Deichkrug waren sie auch nach dem Einzug noch oft bei ihr zum Essen. Doch ab dem Frühjahr 2017 hörte das plötzlich auf. Danach hat sie Ilse Plaschke schon mal im Ort gesehen, jedoch immer alleine. Einmal kamen sie ins Gespräch, wobei Ilse Plaschke einen bedrückten Eindruck machte und es ihr offensichtlich unangenehm war, das Lisa Pleitgen sie angesprochen hatte. Später im Sommer hat sie Ilse Plaschke nicht mehr gesehen.«

»Da lag sie vielleicht schon vor unserer Küste auf dem Meeresgrund«, gab Friedrichs bedrückt von sich. Konzentriert sah er zu seiner Chefin hin. »Ich habe mich bei den Krabbenfischern umgehört, ob dort, wo der Saugbagger die menschlichen Überreste aufgenommen hat, der Fischfang in den letzten beiden Jahren etwas bewegt haben könnte, doch die verneinen das. In der Accumer Ee zwischen Langeoog und Baltrum wird nicht gefischt. Dies untermauert, dass die Tote tatsächlich genau dort versenkt wurde.«

»Quasi direkt vor unseren Augen«, gab Mike Jansen bedrückt von sich. Betroffenheit breitete sich aus und erst der harte Klang durch das Absetzen einer Tasse durchbrach die Stille.

»Okay, Frühsommer ist eine Annahme, die noch bestätigt werden muss«, gab Heidkamp von sich. »Sonja Klaes wird uns das spätestens morgen präzisieren können. Auf dem Weg ins Büro habe ich kurz bei ihr vorbeigeschaut und sie auf die Dringlichkeit nochmals hingewiesen. Zwischenzeitlich können wir Benno Plaschke überprüfen. Sowohl privat als auch geschäftlich. Möglicherweise war seine Frau an der Firma beteiligt. Vielleicht besaß sie Vermögen. Und warum hat er sie nicht als vermisst gemeldet? Lebt er mit einer anderen Frau zusammen?«

»Und was ist mit seinem Haus auf der Insel?«, warf Kathrin Hansen ein.

»Genau.

Also viele Dinge, die zu klären sind.«

8. KAPITEL

Schon oft war sie an den Häusern in der Friesenstraße vorbeigekommen, ohne ihnen große Beachtung zu schenken. An diesem Mittag war das anders. Lisa Pleitgen hatte das Haus von Benno Plaschke gut beschrieben und fast schon am Ende der Straße hielt Kathrin Hansen ihr Bike an und betrachtete die Vorderfront des Anwesens.

Stimmt, fuhr es ihr durch den Kopf, mit luxuriös hatte Lisa es passend bezeichnet. Zweigeschossig mit drei Dachebenen, bodentiefen Fenstern mit teils ausgebauten Erkern, gelegen in einer top gestalteten Umlage. Offensichtlich war Wert darauf gelegt worden, die Charakteristik der Insel durch eine entsprechende Bepflanzung sowie mit Akzenten aus Stein und Holz darzustellen.

Nun, schoss es Kathrin Hansen durch den Kopf, Geschmack hat Plaschke jedenfalls. Oder war das Mordopfer diejenige gewesen,

50

die hier ihre Kreativität zeigen konnte, hatte Ilse Plaschke das Händchen gehabt, um ihre Liebe zur Insel umsetzen zu können? Egal, eines stand fest, das Anwesen musste so richtig viel Kohle gekostet haben.

Langsam schob Kathrin Hansen ihr Bike an dem Haus vorbei und betrachtete aufmerksam die Fenster. Nicht gerade viel Einblick, stellte sie fest, keine Bewegung, kein Laut. In Höhe des Hauseinganges blieb sie stehen und sortierte ihre Gedanken. Sollte der Hausherr anwesend sein, musste sie ihm den Tod seiner Frau mitteilen, würde dabei seine Reaktion beobachten. Alles andere musste sich ergeben.

Entschlossen stellte sie ihr Bike ab, öffnete das Gartentor und ging zur Haustür. Auf einem ovalen Messingschild stand der Name Plaschke. Sie war richtig. Kurz drückte sie den Klingelknopf, hörte drinnen einen dezenten Gong, nichts rührte sich. Nochmals drückte sie die Klingel, diesmal etwas länger, das Ergebnis war das gleiche.

»Da werden Sie kein Glück haben«, hörte sie von der Straße her eine Frau rufen. »Da müssen Sie am Abend nochmal wiederkommen.«

Überrascht drehte Kathrin Hansen sich um und ging zum Gartentor zurück.

»Moin«, grüßte sie und musterte die freundlich blickende Person, die einen Labrador an der Leine angeleint hatte. Mittelgroß, schlanke sportliche Figur, mit Jeans und Polo bekleidet. Kathrin Hansen schätzte die Frau auf etwa Ende dreißig.

»Beate Preuss, ich bin die Nachbarin von Plaschke«, stellte sich die Frau vor.

»Kathrin Hansen, ich wollte zu Benno Plaschke«, erwiderte die Hauptkommissarin.

»Zu Benno?«

Verwundert blickt Beate Preuss sie an. »Da liegen Sie in der Zeit aber ganz verkehrt, der ist in der Regel nur zum Wochenende hier. Allerdings oft zu einem sehr langen.«

Sofort dachte Kathrin Hansen daran, dass die Frau gesagt hatte, sie müsste abends wiederkommen. Also gab es da noch jemand.

»Und wen kann ich abends erreichen?«, fragte sie.

Beate Preuss betrachtete sie nun genauer. Ihr Blick wurde nachdenklich.

»Also, irgendwie kommen Sie mir bekannt vor«, meinte sie schließlich. »Kann es sein, dass wir uns schon einmal begegnet sind?

Bei einer Veranstaltung?

Spielen Sie Golf?«

Lächelnd blickte Kathrin Hansen ihr in die

Augen. »Golf ja, hin und wieder mit meinem Lebensgefährten, kann mich aber in dem Zusammenhang nicht an Sie erinnern.

Machen wir es kurz.

Ich bin Hauptkommissarin und die Leiterin der hiesigen Polizeidienststelle.«

Beate Preuss bekam große Augen.

»Stimmt, jetzt fällt es mir wieder ein. Sie standen tagelang in der Zeitung. Es ging um die Mordfälle hier auf der Insel. Sie müssen da ganz mächtig vom Leder gezogen haben.«

Ein sympathisches Grinsen legte sich über ihr Gesicht.

»Es heißt, dass Sie eine steile Karriere auf dem Festland hingeschmissen haben, um hier auf der Insel für Ruhe und Ordnung zu sorgen. Das finde ich ja ganz stark.«

Spontan streckte Kathrin Hansen ihr die Hand entgegen.

»Alles übertrieben, und bitte nenn mich Kathrin.«

Fest drückte Beate Preuss ihre Hand.

»Schön, dich persönlich kennenzulernen, ich freue mich. Unsere Geschäftsstelle in der Hauptstraße sagt dir bestimmt auch etwas. *Preuss Immobilien und Hausverwaltung.*«

»Klar, altes Unternehmen, mit dem Senior hatte ich schon mal zu tun«, erwiderte Kathrin

Hansen. Als sie den erstaunten Blick bemerkte, den ihr Beate Preuss zuwarf, winkte sie beruhigend ab.

»Privat, es ging um meine Immobilie auf der Höhenpromenade, die ich von meinen Großeltern geerbt habe. Simon Preuss, dein Vater oder Schwiegervater? Er hat mich damals beraten.«

»Vater, ich habe meinen Mädchennamen behalten. Mein Mann und ich sind auch erst seit drei Monaten auf der Insel. Meine Eltern haben sich zur Ruhe gesetzt und wir führen nun die Firma weiter.«

Interessiert blickte Kathrin Hansen zum Nachbargrundstück hin. Ein großes Ostfriesenhaus. Gemauert mit den typisch roten Backsteinen, das Dach mit original ostfriesischen Dachpfannen gedeckt. Es zeigte, dass die Besitzer Wert auf Beständigkeit, auf Tradition legten.

»Dein Elternhaus?«, meinte Kathrin Hansen und Beate Preuss nickte bestätigend.

»Mit Übernahme der Firma haben wir auch das Haus übernommen. Meinen Eltern war es zu groß, für ihren Ruhestand haben sie schon vor Jahren eine Wohnung im Sanddornweg gekauft. Na ja«, sie griemelte leicht, »jetzt warten die eigentlich nur noch auf Enkelkinder, mit denen sie ihre Tage am Strand verbringen können.«

Bei der Erwähnung von Enkelkindern wurde Kathrin Hansen daran erinnert, dass sie sich langsam auch entscheiden musste. Nicht mehr lange, und sie konnte das Thema vergessen. Ihre biologische Uhr tickte erbarmungslos weiter.

Beate Preuss zeigte auf das Anwesen von Plaschke.

»Das Grundstück gehörte meinen Eltern, sie haben es vor drei Jahren an Benno und Ilse Plaschke verkauft. Damals waren sie ja noch zusammen.«

Schlagartig wurde Kathrin Hansen klar, dass es der Glücksfall des Tages war, dass sie Beate Preuss getroffen hatte. Über sie würde sie sicherlich einiges über das Ehepaar Plaschke erfahren können.

»Beate, ich hatte gehofft, den Hausherrn anzutreffen, wir haben Donnerstag, meinst du, dass er heute schon eintrudelt?«

Zweifelnd wiegte Beate Preuss mit dem Kopf.

»Vielleicht, das ist unterschiedlich. Einmal kommt er tatsächlich schon am Donnerstag und bleibt dann bis Sonntag. Ein anderes Mal sehe ich ihn erst samstags und er reist dienstags oder später ab. Aber frag einfach Veronika, die wird es genau wissen.«

»Veronika ist wer?«, sagte Kathrin Hansen erstaunt und ahnte die Antwort bereits.

»Veronika Hindich, seine Lebensgefährtin«, klärte Beate Preuss sie auf. »Die findest du tagsüber in ihrer Boutique.«

»Boutique, aha.«

Kathrin Hansen hob sich die für später auf.

»Beate, ich muss mit dir reden, es geht um eine dienstliche Sache. Aber nicht hier. Würde es dir etwas ausmachen, heute in meiner Dienststelle vorbeizukommen?«

Erstaunt blickte Beate Preuss sie an und nickte dann zustimmend.

»Wäre vierzehn Uhr recht? Anschließend könnte ich von dort aus zum Büro. Das würde passen.«

»Okay, also bis vierzehn Uhr.«

Auf der Fahrt zur Dienststelle machte Kathrin Hansen einen Schlenker über die Kirchstraße um in den Branddünenweg zu kommen. Hier hatte vergangenes Jahr eine Boutique aufgemacht. Das musste die von dieser Veronika sein.

Ein Nobelladen.

Mit Hindrik war sie dort einmal vorbeigeschlendert, hatte sich die Prachtstücke in der Auslage angesehen und registriert, dass sie für einen Fummel von Kleid ein halbes Monatsgehalt hinlegen müsste. Ein Grund, sich nicht weiter für das Geschäft zu interessieren.

Auf der Ladentür stand in geschwungenen Buchstaben: „*Exklusive Mode für Sie*". Dezent darunter: Inhaberin Veronika Hindich, Modedesignerin. Termine gerne auch nach Vereinbarung. Eigentlich hatte Kathrin Hansen vorgehabt, sich die Frau einmal anzusehen und nach Benno Plaschke zu fragen, sah aber, dass Kundschaft im Laden war und entschied sich dagegen. Okay, dann also später, dachte sie und steuerte das Fischgeschäft im Polderweg an. Zum Abendbrot hatte sie Hindrik Matjes versprochen und den dazu passenden trockenen Chardonnay musste sie bei ihrem Weinhändler auch noch besorgen.

»Tee oder Kaffee?«, fragte Ava Sari und musterte Beate Preuss. Sie überlegte, wo sie die Frau schon mal getroffen hatte. Es musste im Ort gewesen sein und beim Anblick der Sportschuhe fiel es ihr wieder ein. Genau, im Sportgeschäft, als sie sich die Laufschuhe mit Gelsohle und spezieller Absenkung gekauft hatte. Ein zwar teurer, aber sinnvoller Kauf. Seitdem bereiteten ihr die alten gepflasterten

Straßen auf Langeoog erheblich weniger Probleme.

»Gerne Kaffee, aber ich nehme das, was ihr auch trinkt«, erwiderte Beate Preuss.

»Mit Kaffee liegst du bei mir immer richtig«, meinte Kathrin Hansen und nickte Ava Sari zu.

»Beate, etwas vorab«, begann sie. »Worüber ich mit dir sprechen möchte, muss unter uns bleiben. Ist das für dich okay?«

»Spannend, du machst es echt spannend«, erwiderte Beate Preuss mit einem leichten Lächeln. »Aber klar doch, ich werde mit keinem darüber reden.«

»Gut. Du ahnst es sicherlich schon, es geht um das Ehepaar Plaschke.«

Plötzlich überfiel Beate Preuss eine dunkle Vorahnung. Ihr war nicht entgangen, wie sich auf dem Gesicht der Hauptkommissarin ein trauriger Zug abzeichnete.«

»Ist was mit Ilse Plaschke?«, entfuhr es ihr.

»Ist sie tot?«

Stumm nickte Kathrin Hansen, sah die kümmerlichen Überbleibsel der Frau vor Augen, spürte wie ihre Augen feucht wurden.

»Mein Gott«, flüsterte Beate Preuss, »das ist ja furchtbar.« Durch Ava Sari, die ins Büro kam und ihnen Kaffee reichte, wurden sie abgelenkt. Kathrin Hansen genügte der

Moment, um sich sammeln zu können.

»Ja, sie ist tot.

Die näheren Umstände werden noch geklärt.«

Nähere Umstände, vor Schreck hätte Beate Preuss fast die Tasse fallen lassen, schaffte es gerade noch, sie mit zittriger Hand abzustellen. Ihr wurde klar, dass etwas nicht stimmte.

»Wann und wie ist sie gestorben?«, fragte sie.

Nach zwei nachdenklichen Schlucken Kaffee erklärte ihr Kathrin Hansen, dass sie sich derzeit zu dem laufenden Verfahren nicht äußern könnte.

»Mir geht es darum, etwas über die Familie der Toten zu erfahren. Ihre Lebensverhältnisse hier auf der Insel. Du verstehst schon.«

»Und Benno weiß noch nichts von ihrem Tod?«, sagte Beate Preuss und blickte sie mit großen Augen an.

»Vermutlich, doch wie gesagt, mehr darf ich im Moment nicht sagen. Ich hatte ja gehofft, ihn in seinem Haus anzutreffen. Nun werde ich das anders angehen müssen.«

Fest blickte sie die Frau ihr gegenüber an.

»Beate, was hattest du für einen Eindruck von den beiden?«

Der Blick von Beate Preuss wanderte zum Fenster, schien sich in weiter Ferne verlieren zu wollen. Aufmerksam beobachtete Kathrin Hansen sie, spürte, dass es in ihr arbeitete. Sie ließ ihr Zeit, ahnte, dass etwas kommen würde.

Ruckartig richtete sich Beate Preuss kerzengerade auf. Auf ihrer Stirn bildete sich eine steile Falte.

»Ich konnte nie so recht daran glauben, dass Ilse Plaschke mit einem anderen Mann durchgebrannt ist«, sagte sie. »Für mich war das einfach nicht vorstellbar.«

Perplex starrte Kathrin Hansen sie an. Sie dachte an das, was Lisa Pleitgen gesagt hatte. Als Mauerblümchen hatte sie die Tote bezeichnet.

»Beate, heißt das, dass Benno Plaschke die Story verbreitet, dass seine Frau ihn hat sitzen lassen?«

»Genau. Sie soll sich von jetzt auf gleich davongemacht haben. Ehrlich, wenn man Ilse kennt«, Beate Preuss schluckte, »gekannt hat, ist dies nur schwer vorstellbar.«

»Also hast du die Verstorbene gut gekannt?«

»Nun ja, schon bevor ich auf die Insel gezogen bin, war ich fast jedes Wochenende hier bei meinen Eltern. Sie haben eine gute Beziehung zu den Nachbarn gepflegt und am Wochenende saßen wir oft zusammen. Besonders meine Mutter und Ilse haben sich gut verstanden. Irgendwann hat meine Mutter mir einmal zu verstehen gegeben, dass sie den Eindruck hatte, dass es in der Ehe der beiden kriselte.«

Mit einer fahrigen Geste nahm Beate Preuss die Kaffeetasse und nippte daran.

»Trotzdem konnten wir es kaum glauben, als kurz darauf nur noch Ilse auf die Insel kam. Von Benno war nichts mehr zu sehen. Etwas, das wir nicht verstehen konnten. Beide hatten sich so auf ihr Ferienhaus gefreut, waren oft gemeinsam hier, um die Fertigstellung zu überwachen. Und dann das.«

»Weißt du noch, wann das war?«

Kurz überlegte Beate Preuss und nickte langsam.

»Es muss im Frühjahr 2017 gewesen sein, als meine Mutter das mit der Krise der beiden erwähnte. Kurz darauf hat Ilse längere Zeit im Haus gewohnt. Alleine. Offensichtlich wollte sie nicht darüber reden, was in der Ehe schief lief und meine Mutter und ich haben auch nie danach gefragt.«

Bedauernd verzog Beate Preuss das Gesicht.

»Seit Anfang des Sommers haben wir Ilse dann nicht mehr gesehen.«

Stimmt mit dem überein, was mir Lisa Pleitgen vom Deichkrug gesagt hat, fuhr es

Kathrin Hansen durch den Kopf.

»Anfang Sommer, sagst du, wann ist denn Benno Plaschke wieder aufgetaucht, und was hat es mit dieser Veronika auf sich?«

Beate Preuss schüttelte den Kopf.

»Kathrin, wie gesagt, ich wohne erst seit drei Monaten auf der Insel und diese Dinge sind lange vorher gelaufen. Um Genaueres zu erfahren, solltest du mal mit meiner Mutter reden. Nur soviel, Veronika Hindich macht auf mich einen guten Eindruck, sie ist nett und wenn mal was ist, immer hilfsbereit. Ihre extravaganten Sachen in der Boutique sind zwar nicht mein Fall, aber das ist ja ein anderes Ding.«

Kathrin Hansen dachte an die gesalzenen Preise und nickte stumm.

9. KAPITEL

Mit Genugtuung sah Maartens, dass seine Lieblingsbank noch nicht belegt war. Seitlich davon stellte er sein Fahrrad ab und setzte sich. Dort, wo die Fähren anlegten, wo die Transportkähne hereinkamen, war es die erste Ruhebank am Hafen. Von hier aus konnte er wunderbar den Schiffsbetrieb und das Gewusel auf dem Hafengelände beobachten. Manchmal studierte er auch nur die Menschen, die auf die Insel kamen. Als ehemaliger Kripobeamter hatte er einen Blick dafür, ob sich kriminelle Gestalten unter die Feriengäste gemischt hatten. Auf diese Weise hatte er einmal zwei Taschendiebe erkannt, die geglaubt hatten, in dem Gewühl der Hochsaison Leute ausnehmen zu können. Nun, er hatte sie bis zur Barkhausenstrasse verfolgt, abgewartet bis sie ihr erstes Ding gedreht hatten und die Hauptkommissarin verständigt.

Mit zusammengekniffenen Augen blickte er

über das Meer in Richtung Bensersiel. Weit vor der Küste tuckerte ein Schiff mit flachen Aufbauten in Richtung Langeoog. Vermutlich ein Transportkahn, der Container mit Waren auf die Insel brachte, überlegte er. Überhaupt war der Inseltransport und -logistik ein Thema, hinter das er noch nicht so richtig gestiegen war. Nur, dass mehr dahintersteckte, als man vermuten würde, das war ihm bewusst. In diesem Geschäft war garantiert viel Geld im Umlauf.

Seitlich der Hafeneinfahrt vor dem Yachthafen ankerte die Seekrabbe, eines der Schiffe, die regelmäßig den Schlick absaugten, der in den Hafenbereich hineingedrückt wurde. Eine Arbeit die nötig war, um eine zuverlässige Wassertiefe zu sichern. Gerade fragte Maartens sich, wann die nächste Fähre kommen würde, als er sie weit hinter dem Transportkahn am Horizont auftauchen sah. Selbst aus dieser Entfernung war der Größenunterschied der beiden Schiffe deutlich zu erkennen. Mittlerweile konnte er an den Aufbauten bestimmen, um welches Fährschiff es sich handelte. Hier brachte die *Langeoog IV*, das größte Schiff der Flotte, Insel verliebte nach Langeoog.

Sein Blick wanderte weiter zu den Booten im

Yachthafen und er musste an die Frau denken, deren Überreste von einer Transportröhre auf den Strand gespuckt wurden. Was für ein Schicksal durchschoss es ihn. Er stellte sich vor, wie die Frau auf ein Boot geladen und raus auf See gefahren wurde, um dort versenkt zu werden. Ob sie zu diesem Zeitpunkt bereits tot war, würde kaum noch zu beantworten sein. Und der Mörder konnte sich immer noch auf Langeoog aufhalten, hatte vielleicht schon sein nächstes Opfer auf der Liste stehen.

Was für eine Vorstellung.

Mittlerweile hatte der Transportkahn die Hafeneinfahrt erreicht und steuerte den Anleger an. Auf der Längsseite des Schiffes stand in großer, blauer Schrift *TransLog*. Ein Firmenname, der Maartens rein gar nichts sagte. Dagegen ließen die beiden geladenen Container einer Möbelfirma ahnen, dass hier gerade die Einrichtung für ein größeres Anwesen landete. Mit dröhnendem Motor drosselte der Kapitän die Geschwindigkeit und wieder einmal bewunderte Maartens die Geschicklichkeit, mit der das Schiff handbreit an den Anlegersteg manövriert wurde. An Deck bemerkte er einen dunkel gekleideten Mann, der offensichtlich angespannt das Anlegemanöver beobachtete.

Maartens spürte die Unruhe, die von dieser Person ausging und kaum waren die Taue festgezurrt, sprang der Mann auf die Kaimauer, nickte den Arbeitern knapp zu und steuerte einen Elektrokarren an, der auf ihn wartete. Ein Geschäftsmann, der einen Termin auf der Insel hatte, schätzte Maartens.

Er beobachtete, wie der Fremde sich neben dem Fahrer in die Kabine quetschte, wie der Elektrokarren wendete und dann, kaum dass er angefahren war, sich quer vor ein entgegenkommendes Fahrzeug stellte. Für Maartens ein gewagtes Manöver und irgendwie spürte er, dass es nicht aus Freundlichkeit geschah.

Langsam und bedächtig schälte sich aus dem blockierten Fahrzeug ein älterer Mann in blauer, fester Arbeitskleidung. Mittelgroß, hager, auf dem Kopf eine Kappe. Maartens stufte ihn als Insulaner ein. Missbilligend schüttelte der Mann den Kopf und starrte zu dem Fremden hin, der aus dem Elektrokarren ausstieg und mit großen Schritten auf ihn zueilte. Mit weit ausgestrecktem Arm reichte dieser seinem Gegenüber die Hand. Zögernd, Maartens kam es fast schon widerwillig vor, ergriff sie der Insulaner und ließ sie schnell wieder los. Es war nicht zu verkennen, dass ihm das Ganze gegen den Strich ging. Er zeigte auf den Elektrokarren, der sich quer gestellt hatte, sagte etwas, worauf sein Gegenüber laut auflachte und ihm auf die Schulter klopfte. Der Fremde vom Schiff trat einen Schritt zur Seite und zeigte auf die Zugmaschine, die bereits den ersten Möbelcontainer vom Schiff mit einer Winde hochzog.

Und so, wie Maartens es sehen konnte, entwickelte sich anschließend ein Gespräch, das an Heftigkeit zunahm. Schließlich hob der Fremde den Arm, zeigte mit ausgestrecktem Zeigefinger auf den Insulaner, sagte noch etwas und eilte zurück zu dem Elektrofahrzeug.

Aus der Körpersprache der beiden Männer hatte Maartens einige Schlüsse ziehen können, wobei der ältere Insulaner einen besonnenen, jedoch eindeutig ablehnenden Eindruck gemacht hatte. Es hatte so ausgesehen, dass er Forderungen seitens des Fremden abgelehnt hatte. Nur, dass für diesen die Angelegenheit damit noch nicht zu Ende war, da war sich Maartens ziemlich sicher.

10. KAPITEL

Ihr Blick blieb an zwei Kitesurfer hängen, die bei nur gemäßigtem Wind versuchten an Höhe zu gewinnen, während ihre Gedanken bei dem Mordopfer waren. Bei Ilse Plaschke, deren Ehemann herum tratschte, sie wäre mit einem Mann durchgebrannt. Kathrin Hansen dachte an die Äußerung der Hotelchefin Lisa Pleitgen: Mauerblümchen hatte sie die Frau genannt, ein Mauerblümchen im Schatten ihres Mannes lebend.

Klar, Kathrin Hansen wusste, wenn der Druck zu groß wurde, konnten solche Menschen völlig ausrasten. Sie konnten Dinge tun, die sie selbst nicht für möglich gehalten hätten. Und doch, nach der Einschätzung von Beate Preuss war Ilse Plaschke eher nicht der Typ, der dazu neigte. Eigentlich wollte Kathrin Hansen den Rest des Tages entspannt genießen, doch sie spürte, dass sie keine Ruhe finden würde. Mit Hindrik war auch noch nichts, er hatte eine WhatsApp geschickt und mitgeteilt, dass er später kommen würde. Nun gut, überlegte sie schließlich, dann werde ich der Mutter von Beate Preuss mal einen Besuch abstatten, laut ihrer Tochter wird sie mir einiges über ihre ehemaligen Nachbarn sagen können. Sie gab sich einen Ruck, erhob sich von der Liege, zog Jeans und ein bequemes Polohemd an und verließ das Haus.

Das im Ostfriesenstil gebaute zweigeschossige Haus machte auf Kathrin Hansen einen gepflegten Eindruck. In Weiß gehaltene massive Holzfenster mit Scheibengardinen und tief eingebauten Fensterbänken gaben der Frontseite ein deftiges, solides Aussehen. Beate Preuss Eltern wohnten in Parterre mit separatem Eingang und bereits im Hausflur empfand Kathrin Hansen eine angenehme Atmosphäre. Großformatige Inselbilder, gemalt in Acryltechnik, hingen an sandfarbenen Wänden und in zwei hohen Tonvasen standen dicke Bündel getrockneter Dünengräser.

An der Wohnungstür wurde sie von Luise Preuss, unverkennbar die ältere Ausgabe ihrer Tochter, herzlich begrüßt und in einen großen luftigen Wohnraum gebeten. Es herrschte

Seewind und durch die offenen Terrassentüren drang die prickelnde salzhaltige Luft.

»Hoffentlich komme ich nicht ungelegen«, begann Kathrin Hansen das Gespräch, »und ich will Sie auch nicht lange aufhalten.«

»Nenn mich Luise, und du störst nicht«, antwortete Luise Preuss. »Beate hat mir schon gesagt, dass ich mit deinem Besuch rechnen müsste. Es geht um Ilse und Benno Plaschke?«

»Genau. Leider haben wir die Bestätigung, dass Ilse Plaschke tot ist, und als ich ihren Mann aufsuchen wollte, habe ich Beate getroffen.«

Bedrückt blickte Luise Preuss sie an.

»Ich habe mir schon gedacht, dass es um Ilse geht, denn Benno lebt ja nun schon eine Weile mit einer anderen Frau zusammen und scheint sehr glücklich mit ihr zu sein.«

Schwer atmete Luise Preuss durch.

»Aber dass Ilse tot ist, trifft mich nun doch sehr, damit habe ich nun wirklich nicht gerechnet. Trennung von Benno ja, das war anzunehmen, doch tot? Das ist ja furchtbar.« Fest blickte sie der Hauptkommissarin in die Augen.

»Deine Nachforschungen sagen mir, dass da etwas nicht stimmt.

Richtig?«

Zustimmend nickte Kathrin Hansen und warf einen Blick durch die offenen Terrassentüren in den Garten, wo der Hausherr den Rasen mähte.

»Ja, sie ist keines natürlichen Todes gestorben, aber«, sie hob beschwichtigend die Hände, »es besteht keinerlei Anlass zu glauben, dass ihr Ehemann etwas mit ihrem Ableben zu tun hat. Meine Aufgabe ist es, Benno Plaschke über den Tod seiner Frau zu informieren und alle Informationen zu sammeln, um sich ein Bild über die Tote machen zu können.« Kathrin Hansen ahnte, dass Luise Preuss mehr wissen wollte, doch weitere Informationen durfte sie nicht preisgeben.

»Luise, deine Tochter erwähnte, dass diese Veronika Hindich etwa ein Jahr später, nachdem Ilse Plaschke hier nicht mehr gesehen wurde, bei Benno Plaschke eingezogen ist. Wie kann ich mir das vorstellen, wie ist das abgelaufen?«

»Tja, es war so«, das Gesicht von Luise Preuss verdüsterte sich, »etwa drei Monate vorher stand Benno bei uns auf der Matte und berichtete, dass Ilse ihn verlassen hat. Vor Monaten wäre sie urplötzlich verschwunden, ohne sich vorher etwas anmerken zu lassen. Benno war fassungslos, war wütend. Alles hätte er unternommen, um sie zu finden, doch nichts. Vermutlich würde sie sich bei einem anderen Mann aufhalten, wo auch immer das sein könnte. Du kannst dir vorstellen, mein Mann und ich mussten das erst einmal verdauen, aber je länger wir darüber nachdachten, umso weniger konnten wir es glauben. Als Benno dann mit seiner Neuen hier auftauchte, verliebt wie ein junger Hecht, kamen bei uns Zweifel auf, ob es wirklich so gelaufen war, ob nicht er derjenige gewesen ist, der die Trennung herbeigeführt hat.«

»Und wie schätzt du diese Veronika Hindich ein?«, hakte Kathrin Hansen nach.

»Nun«, Luise Preuss hob die Schultern.

»Sie ist sehr nett, aufmerksam und immer freundlich. Nur, sie als Nachfolgerin von Ilse anzusehen, damit tun wir uns schon schwer. Dies liegt aber an uns, Veronika gibt sich wirklich Mühe, um unser gutes Verhältnis zu Benno auch weiterhin zu unterstützen.«

Nachdenklich nickte Kathrin Hansen, sie konnte das verstehen, doch einen Punkt musste sie noch klären.

»Deine Tochter meinte, dass du schon vorher den Eindruck hattest, dass es zwischen dem Ehepaar kriselte, hat Ilse Plaschke sich diesbezüglich einmal bei dir geäußert, etwas

Konkretes gesagt?«

»Nicht direkt, aber wenn sie von ihrem Mann sprach, hörte ich einen gewissen Unterton heraus, etwas, das es früher nicht gab. Es ist schwer zu erklären. Auch gemeinsame Unternehmungen schien es nicht mehr zu geben, es war, als lebte jeder der beiden nur noch für sich.«

»Jedenfalls muss etwas Gravierendes vorgefallen sein, egal, wer von ihnen der Auslöser war«, meinte Kathrin Hansen. »Anders kann man sich das nicht erklären.«

Sie blickte auf die Uhr und überlegte, ob sie versuchen sollte, Benno Plaschke zu erreichen, entschied sich aber dagegen. Sie wollte ihn morgens mit der Nachricht über den Tod seiner Frau konfrontieren, morgens in aller Herrgottsfrühe. Zu dieser Zeit waren die Reaktionen der meisten Menschen am glaubwürdigsten.

Da sie nicht glaubte, dass sie von Luise Preuss mehr erfahren würde, verabschiedete sie sich von ihr, wobei ihr beim Hinausgehen einfiel, dass ihre Kriminalassistentin noch etwas für sie zu erledigen hatte.

11. KAPITEL

Nachdem die Maler das Haus verlassen hatten, wollte Maike Jansen gerade das Haus putzen, als sich ihr Handy meldete.

Kathrin Hansen, die Hauptkommissarin, verkündete das Display. Es musste sich um etwas Wichtiges handeln.

»Maike, störe ich?«, ließ sich Kathrin Hansen vernehmen.

»Och«, antwortete Maike Jansen schmunzelnd, »wenn es einen Grund gibt, der mich vom Putzen abhält, bin ich sofort dabei.« Sie hörte wie Kathrin Hansen kurz auflachte, hörte zu, als diese ihr erklärte, um was es ging, blickte anschließend den Putzeimer vernichtend an und ging in einen der Räume. Wenn sie auch noch nicht bei ihrem Lebensgefährten eingezogen war, hatte sie bereits Kleidungsstücke und einen Großteil ihrer Wäsche ins Haus geschafft. Aus einem Karton zog sie eine Designerjeans und eine sportliche Bluse mit exklusivem Label heraus, sah erleichtert, dass sie nicht noch gebügelt werden mussten und zog sich um. Mit Blick auf die sündhaft teure Cartier, ein Geschenk ihrer Eltern stellte sie fest, dass sie sich beeilen musste. Sie verließ das Haus und ging mit schnellen Schritten und einem Lächeln auf den Lippen in Richtung Ortsmitte.

Wow, sieht die Frau toll aus, dachte die Kriminalassistentin spontan, als Veronika Hindich sie in der Boutique mit einem freundlichen Lächeln begrüßte. Etwa Anfang vierzig, schätzte Mike Jansen, und alles an der Frau passte zueinander. Ihr blondes langes Haar fiel bis auf die Schultern, und das Grübchen in ihrem Kinn verlieh dem dezent geschminkten Gesicht einen energischen Ausdruck. Veronika Hindich bewegte sich mit einer Ungezwungenheit, die sich sofort auf sie übertrug. Maike Jansen erklärte, was sie suche, und da sie eine gängige Größe hatte, legte die Inhaberin mehrere Stücke zur Auswahl auf die Ladentheke. Aufgezogen von Eltern, die Wert auf solide Qualität bis hin zum Extravaganten legten, kannte Maike Jansen sich in der Modebranche aus. Was Veronika Hindich ihr zeigte, war hochwertige Ware. Dabei wies sie gezielt auf die Labels hin, die dafür bürgten, dass die Kleidungsstücke unter fairen Arbeitsbedingungen hergestellt wurden. Etwas, wofür Maike Jansen gerne bereit war, mehr zu bezahlen. Sie probierte einige Röcke und Pullover an, neigte dann aber doch eher zu Hose und Polo. Schließlich entschloss sie sich für eine zitronengelbe Polobluse. Diese kombiniert mit einer hellblauen Shorts sah richtig gut aus. Nach ihrem Geschmack war das Oberteil zwar etwas zu tief ausgeschnitten, doch die Besitzerin der Boutique überzeugte sie mit der Einstellung, dass man schließlich zeigen könnte, was man hat. Unwillkürlich musste Maike Jansen an Olli denken und ein leichtes Lächeln legte sich auf ihre Lippen.

Da sonst keine Kundin im Laden war, machte sie noch einen auf Small Talk, erfuhr so einiges, und bezahlte schließlich ohne mit der Wimper zu zucken den ansehnlichen Betrag mit Kreditkarte. Dann verabschiedete sie sich und meinte noch, die Sachen hätten ihr sehr gefallen, und sie würde gerne wiederkommen. Spontan bot Veronika Hindich ihr an, sie könnte doch auch mal so vorbeizuschauen, einfach nur auf einen kleinen Plausch. Zustimmend nickte Maike Jansen und verließ mit einem guten Gefühl das Geschäft.

12. KAPITEL

Freitagmorgen, 8 Uhr. Kathrin Hansen drückte auf den Klingelknopf und im Innern des Hauses hörte sie einen gedämpften melodischen Dreiklang

Nichts rührte sich.

Mit gerunzelter Stirn blickte Friedrichs seine Chefin an.

»Kathrin, das kann dauern.«

Wiederholt drückte Kathrin Hansen den Klingelknopf und als sich immer noch nichts rührte, läutete sie Sturm. Kurz darauf hörten sie eine aufgebrachte Frauenstimme etwas rufen und ein kleines Fenster neben der Haustür öffnete sich einen Spalt.

»Moin, was ist denn los, und wer sind Sie?«, fragte die Frau. Ihre Stimme klang belegt, das Gesicht wirkte verschlafen, offensichtlich war sie aus dem Bett geholt worden.

»Entschuldigen Sie die frühe Störung«, sagte Kathrin Hansen und zeigte ihren Ausweis.

»Polizeidienststelle Langeoog, wir möchten Herrn Plaschke sprechen.«

Irritiert sah die Frau sie einen Moment lang an, warf nochmals einen schnellen Blick auf den Dienstausweis und meinte, sie müssten sich einen Moment gedulden, Benno wäre im Bad. Dann schloss sie das Fenster.

»Vielleicht hätten wir doch eine Stunde später kommen sollen«, äußerte sich Friedrichs und starrte mit gerunzelter Stirn auf die Eingangstür. Ehe Kathrin Hansen darauf eingehen konnte, wurde die Haustür geöffnet und ein Baum von einem Mann stand mit nassen, glatt nach hinten gekämmten Haaren vor ihnen. Er trug schwarze Boxershorts und unter seinem ebenfalls schwarzen Shirt zeichneten sich deutlich feuchte Stellen ab. Ein Mann, der den Türrahmen ausfüllte.

»Entschuldigen Sie mein Aussehen, aber ich komme gerade aus der Dusche«, begrüßte Plaschke sie, ohne besonders überrascht zu wirken. Offensichtlich konnte er sich einer Situation schnell anpassen.

»Aber kommen Sie doch herein«, sagte er und zeigte mit einer Geste ins Innere des Hauses. Sie folgten ihm in einen lichtdurchfluteten großen Wohnraum und wurden gebeten Platz zu nehmen. Mit einem angedeuteten Lächeln blickte Plaschke sie an und meinte, er bräuchte jetzt erst einmal einen Kaffee, ob er ihnen auch einen anbieten dürfe.

»Gerne«, antwortete Kathrin Hansen und warf einen Blick zu Friedrichs hin, der dankend ablehnte.

»Gut, ich sage Veronika Bescheid, dann stehe ich ganz zu Ihrer Verfügung«, antwortete er, war kurz darauf wieder da und ließ sich ihnen gegenüber in einen Sessel plumpsen.

»So früh am Morgen Polizei bedeutet in der Regel nichts Gutes«, begann der Hausherr das Gespräch. »Da es nichts mit mir oder meiner Firma zu tun haben kann, muss es um meine Frau oder um ihren vermeintlichen Liebhaber gehen«, meinte er in einem Tonfall, aus dem Kathrin Hansen einen süffisanten Beiklang zu hören glaubte.

»Also, schießen Sie los.«

»Der Ordnung halber muss ich Sie fragen, ob Sie Benno Plaschke sind und Ilse Plaschke Ihre Ehefrau ist«, sagte Kathrin Hansen und registrierte sein zustimmendes Kopfnicken.

»Gut«, sie blickte ihm in die Augen und entschloss sich, es kurz zu machen.

»Dann muss ich Ihnen leider mitteilen, dass Ihre Frau tot ist.«

»Tot?«

Plaschke sah sie entsetzt an, sprang aus dem Sessel hoch, ging kopfschüttelnd einige Schritte hin und her und blieb dann vor der Hauptkommissarin stehen.

»Was ist passiert, hatte sie einen Unfall?«

Kathrin Hansen überging die Frage, zeigte auf den Sessel und bat ihn sich zu setzen.

»Wann haben Sie ihre Frau das letzte Mal gesehen, und wo war das?«

Sie bemerkte, wie er mit sich rang, ruhig zu bleiben, zu akzeptieren, dass sie seine Frage nicht beantwortet hatte. Offensichtlich war er es gewohnt, dass seine Spielregeln befolgt wurden.

»Das kann ich Ihnen genau sagen, weil ich diesen Tag niemals vergessen werde. Es war an einem Donnerstag, den 24. August 2017 in unserem Haus in Köln. Wir waren auf dem Sprung nach Langeoog, um dort ein langes Wochenende zu verbringen. Zwei Stunden vor dem Aufbruch meinte Ilse, sie müsste kurz noch etwas erledigen, doch sie kam nicht wieder zurück.«

Kathrin Hansen bemerkte die steile Falte, die sich auf seiner Stirn abzeichnete und fragte sich, ob der Tod seiner Ehefrau ihn wirklich berührte.

»Sie können sich nicht vorstellen, was ich an

diesem Tag alles unternommen habe, um sie zu finden. Natürlich bin ich erst von einem Unfall ausgegangen, ich habe die Polizei eingeschaltet, habe persönlich alle Krankenhäuser angerufen, bin stundenlang durch die Straßen gefahren, doch nichts. Bekannte, Freunde, keiner hatte sie an diesem Tag gesehen.«

Schwer lehnte Plaschke sich in seinen Sessel zurück. »Da blieb nur noch die Möglichkeit, dass Ilse entführt wurde, dass man mich erpressen wollte.«

Ehe Kathrin Hansen nachhaken konnte, kam die Frau, die sie mit verschlafenem Gesicht am Fenster begrüßt hatte, mit einem Tablett in den Händen ins Zimmer. Kathrin Hansen staunte, wie diese es in der kurzen Zeit geschafft hatte, sich so auf Hochglanz aufzupolieren. Ihr langes blondes Haar war zu einem Pferdeschwanz gebunden, ein dezent aufgetragenes Makeup verlieh ihrem Gesicht etwas Frisches und das bunte Strandkleid aus Seide rundete den Sonnenschein von einer Frau ab.

»Meine Lebensgefährtin Veronika Hindich haben Sie ja bereits kennengelernt«, sagte Plaschke mit einem leichten Schmunzeln. Er zeigte auf den Sessel neben sich und meinte, sie solle sich zu ihnen setzen.

»Kaffee für alle und für Sie«, Veronika Hindich blickte lächelnd zu Friedrichs hin, »habe ich einen Tee nach Art des Hauses aufgebrüht«, ich hoffe, es ist so recht.

»Danke«, erwiderte Friedrichs mit Blick auf den Tee und nahm ihr die Tasse ab. Zweifelsohne verbreitete Veronika Hindich eine angenehme, freundliche Atmosphäre.

Kathrin Hansen gab sich einen Ruck und wandte sich Plaschke zu.

»Sie vermuteten Erpressung.

War es so?«

Mit einem Kopfschütteln verneinte er, blickte zu Boden und Kathrin Hansen gab ihm einen Moment, um sich zu sammeln.

»Ich habe am Tag ihres Verschwindens und in der darauffolgenden Nacht das Haus nicht verlassen, war telefonisch immer erreichbar, doch niemand hat sich gemeldet«, antwortete er leise.

Kathrin Hansen bemerkte, wie Veronika Hindich sanft seine Hand nahm und er sie kurz anblickte.

»Wann haben Sie ihre Frau als vermisst gemeldet?«, wollte Friedrichs wissen.

»Direkt am anderen Tag, aber«, Plaschke blickte ihn mit gerunzelter Stirn an. »Sie kennen das doch, in einem solchen Fall wird man vertröstet, es heißt, ihre Frau will sich vielleicht nur eine Auszeit gönnen, wird bald wieder auftauchen, und so weiter und so fort.«

»Wieso waren Sie dann plötzlich davon überzeugt, dass Ihre Frau mit einem heimlichen Liebhaber auf und davon ist, sie hätte sich ja auch irgendwo alleine aufhalten können?«, fragte Kathrin Hansen.

»Ganz einfach«, der Mund von Plaschke wurde zu einem dünnen Strich. »Etwa vier Wochen nach ihrem Verschwinden wurde unser privates Konto, über das wir beide verfügten, mit fünfzigtausend Euro belastet. Über eine Privatbank in der Schweiz wurde das Geld geordert.«

»Ich nehme an, Ihre Frau musste sich dort legitimieren«, meinte Friedrichs und warf einen schnellen Blick seiner Chefin zu.

»Natürlich. Ich bin sofort in die Schweiz geflogen und habe ein Foto meiner Frau in der Bank vorgelegt. Kein Zweifel, sie war es, und sie war nicht alleine gewesen. Ein Mann, der Bankbeamte beschrieb ihn als so eine Art Künstlertyp, hat Ilse begleitet und beide müssen einen sehr verliebten Eindruck gemacht haben. Stellen Sie sich das mal vor, das ist doch unglaublich.«

»Trotzdem nochmals meine Frage: Warum

glauben Sie, dass sich Ihre Frau, ohne sich zu verabschieden, so davon gemacht hat? Sie hätte sich doch scheiden lassen oder in Trennung leben können.«

Resigniert hob Plaschke die Schultern.

»Ich weiß es nicht, tausendmal habe ich mich das gefragt. Wir führten eine normale Ehe, hatten keinen Streit, unser Wunsch auf Langeoog eine eigene Immobilie zu besitzen, hatte sich erfüllt. Ich dachte, es wäre alles gut.«

»Gibt es gemeinsame Kinder?«

Tiefe Falten bildeten sich auf seiner Stirn und es dauerte einen Moment bis er verhalten antwortete: »Nein, wir haben keine Kinder, das war nicht möglich, doch darauf möchte ich jetzt nicht eingehen.«

Kathrin Hansen spürte, dass sie ihn einen Moment in Ruhe lassen sollte und wandte sich seiner Lebensgefährtin zu. Da sie Veronika Hindich noch nicht begegnet war, beschloss sie einen auf ahnungslos zu machen.

»Und Sie verbringen hier auf der Insel ihren Urlaub?«, fragte sie mit einem Lächeln.

»Nein, so ist das nicht«, äußerte sich Plaschke, bevor sie antworten konnte. »Veronika und ich leben hier gemeinsam, wobei ich die Woche über in Köln bin. Anfangs habe ich mein Unternehmen von hier aus geleitet, grundsätzlich geht das ja, doch habe ich festgestellt, dass es besser ist, wenn ich in der Firma präsent bin. So kann man vieles direkt vor Ort regeln.«

»Wie, Sie kennen meine Boutique hier auf Langeoog nicht?«, warf Veronika Hindich lachend ein und blickte Kathrin Hansen an. »Das müssen wir schnellstens ändern.« Mit strahlenden Augen berichtete sie von ihrem langgehegten Traum, den sie sich auf der Insel erfüllt hatte. Mode wäre immer ihr Ding gewesen und schon früh hätte sie Kleider entworfen und genäht. Ihre Mutter, eine Schneiderin, hätte ihr wohl die Gene vererbt.

»Doch eine Boutique aufzumachen, wie ich sie mir vorgestellt habe, ist nicht einfach«, erklärte sie. »Man muss schon ein starkes Anfangskapital aufbringen. Nur durch die Unterstützung von Benno konnte ich mir diesen Traum erfüllen, wenn ich mir auch gewünscht hätte, dass der Weggang seiner Frau weniger dramatisch verlaufen wäre.«

Leicht winkte Plaschke mit der Hand ab.

»Lass mal, du kannst da wirklich nichts dafür und ich weiß nicht, wie ich die Zeit ohne dich überstanden hätte.«

Plötzlich erfasste Kathrin Hansen eine nervende Unruhe. Sie musste Schluss machen, es wurde ihr zu wässrig, zu schwammig. Sie benötigte Fakten über Plaschke und seiner Lebensgefährtin, nur dann konnte sie ihre Darstellungen beurteilen. Es ging um Mord und statistisch gesehen stand dieser als Beziehungstat ganz oben auf der Liste. Leider konnte sie nicht vermeiden Plaschke darüber zu informieren, dass seine Frau Opfer eines Gewaltverbrechens geworden war, verschwieg jedoch alle Details. Auch den Ehering, der die Identität der Toten belegte, erwähnte sie nicht. Am Schluss fragte sie ihn noch, ob er von seiner Frau etwas Persönliches besitzen würde, um einen DNA Abgleich durchführen zu können. Verwundert starrte er sie an, überlegte kurz und verließ den Raum. Nach wenigen Minuten kam er mit einer kleinen Kosmetikbürste in der Hand zurück und reichte sie der Hauptkommissarin.

»Anfangs hatte ich ja noch die Hoffnung, dass meine Frau zurückkommen würde und habe ihre persönlichen Sachen in einer Tasche aufbewahrt. Nun, irgendwie habe ich es dann auch später nicht fertiggebracht, diese in den Müll zu schmeißen.«

»Danke.«

Kathrin Hansen zog aus ihrer Jackentasche eine Plastiktüte und legte die Bürste hinein.

»Sie bekommen diese selbstverständlich wieder zurück und ich müsste Sie nun noch um ein Foto von Ihrer Frau bitten, möglichst das, welches Sie in der Schweizer Bank vorgelegt haben. Wäre das möglich? Ach ja, und natürlich müssen wir wissen, um welche Bank es sich handelt, und wo wir sie finden können. Vielleicht haben Sie auch noch den Namen des Bankbeamten parat, mit dem Sie gesprochen haben? Sie können sich vorstellen, dass wir diese Angaben formell überprüfen müssen.«

Abschließend versprach sie Plaschke, sich bei ihm zu melden, sobald die Leiche freigegeben würde und er seine Frau beerdigen könnte.

»Und nein, eine Identifizierung kann nicht stattfinden«, meinte sie abschließend auf seine Frage hin und verließ mit Friedrichs das Haus.

13. KAPITEL

Gerade hatten Kathrin Hansen und ihr Stellvertreter die Dienststelle erreicht, als sie auch schon von Ava Sari empfangen wurden.

»Gut, dass ihr kommt«, sprudelte es aus der quirligen Taiwanerin heraus. »Kriminalrat Heidkamp hat schon dreimal angerufen.«

»Er hätte mich doch auf meinem Handy erreichen können«, meinte Kathrin Hansen irritiert.

»Wollte er eigentlich auch, aber als er hörte, dass ihr bei Benno Plaschke seid, meinte er, das wäre nicht so gut.«

»Hat er gesagt, um was es geht?«

»Wohl genau um diesen Benno Plaschke.«

Kathrin Hansen warf einen Blick zu Friedrichs hin und meinte, er sollte mit in den Besprechungsraum gehen, sie werde mit Heidkamp eine Telefonkonferenz führen.

»Und Ava, sage Mike, sie möchte dazukommen. Möglicherweise gibt es Fakten,

denen wir direkt nachgehen müssen.«
Irgendwie hatte Kathrin Hansen das Gefühl,
dass der Morgen noch eine Überraschung in
petto hielt.

»Vom Erzbischof bis querbeet durch die
Kölner Geschäftswelt ist der Mann vernetzt«,
erklärte Heidkamp. »Doch das, was wirklich
interessant ist, bewegt sich in der Dunkelzone.«
»Dunkelzone?«
Kathrin Hansen runzelte die Stirn.
»Jetzt machen Sie es aber so richtig
spannend«, meinte sie und sah den Mann vor
sich, dem sie vor gut einer Stunde gegenüber
gesessen hatte. Benno Plaschke, bürgerlich,
zuvorkommend, solide wirkend.
»*TransLog*, die Firma von Plaschke wickelt
Touren nach Polen ab«, meinte Heidkamp
weiter, »und laut Bestätigung des Zolls haben
die Frachtfahrzeuge immer Elektro-Großgeräte
eines deutschen Herstellers geladen.
So weit, so gut.
Weniger gut ist, dass der Verdacht besteht,
dass auf der Rückfahrt illegale Personen nach
Deutschland eingeschleust werden.«
»Aber Frachtfahrzeuge werden doch an der
Grenze kontrolliert«, warf Friedrichs ein.
»Richtig«, antwortete Heidkamp und gönnte

sich fast geräuschlos ein Schlückchen Kaffee, »doch für einen Briefumschlag gefüllt mit Euro werden gerne schon mal beide Augen zugedrückt. Besonders dann, wenn die Fahrer quasi alte Bekannte sind, denen man vertrauen kann.«

»Illegale Personen«, sinnierte Kathrin Hansen, »heißt das, es sind Flüchtlinge aus Kriegsgebieten oder Frauen aus dem Ostblock, die in Deutschland auf einen Neuanfang hoffen? Frauen, die dann in Wirklichkeit auf der Straße oder in einem Bordell landen?«

»Nehmen Sie die Kombination aus beiden, dann liegen Sie richtig.«

»Also Frauen aus Kriegsgebieten, wehrlose Frauen, die ihren sogenannten Wohltätern ausgeliefert sind. Frauen, die gezwungen werden, für Geld anzuschaffen und irgendwo im Nebel verschwinden«, fasste Kathrin Hansen zusammen. »Und hier hält Plaschke, der so gut vernetzte und solide Unternehmer, die Fäden in der Hand? Der Mann, der es so gut mit dem Erzbischof kann?

Na super.«

»Nun, wie gesagt, es gibt keine ausreichenden Beweise für eine Anklage, doch die Kölner Kollegen bleiben an der Sache dran. Übrigens, vor der Nummer mit den Frauen hat

Plaschke mit Objekten, die er aus dem Osten einschmuggelte, ein Vermögen gemacht. Dabei handelte es sich um Kunstschätze, die während des Krieges von den Russen konfisziert wurden. In der Summe ging es um Millionenwerte.«

Wahnsinn, fuhr es Kathrin Hansen durch den Kopf, einen solchen Eindruck hatte der Mann, als er sie am frühen Morgen in ihr Haus gebeten und Kaffee angeboten hatte, nun wirklich nicht gemacht. Doch es bestätigte mal wieder, dass man einem Menschen nicht in den Kopf sehen konnte.

»Und«, fragte sie, »kam es denn hier zu einer Verurteilung?«

»Nein. Clevere Anwälte haben es so gedreht, dass Plaschke mangels Beweise freigesprochen wurde. Zeugen widerriefen ihre Aussagen, konnten sich plötzlich an nichts mehr erinnern.«

Eine nachdenkliche Stille breitete sich in der Runde aus. Offensichtlich ging allen durch den Kopf, dass nun die Ehefrau dieses Mannes ermordet wurde, dass ihre Überreste zwei Jahre nach ihrem Verschwinden aus dem Meer gefischt wurden. Plötzlich stand Plaschke als Hauptverdächtiger da, alles, was er gesagt hatte, war nicht mehr glaubwürdig.

»Ja, dann«, ließ sich Mike Jansen vernehmen, sehen wir uns den Mann mal genauer an.« Dabei musste sie an die Besitzerin der Boutique denken, an die Frau, die einen so guten Eindruck auf sie gemacht hatte. An Veronika Hindich, die Lebensgefährtin von Plaschke. Wie lange ist sie schon die Geliebte von Plaschke, grübelte sie, kannte er sie vielleicht doch schon, als seine Frau noch lebte?

»Haben die Kölner Kollegen ermitteln können, ob Ilse Plaschke an der Firma beteiligt war, ob sie eigenes Vermögen besaß?«, fragte sie an Heidkamp gerichtet.

»Wenn Sie damit meinen, dass Plaschke durch den Tod seiner Ehefrau finanzielle Vorteile hat, ist die Antwort nein«, erwiderte Heidkamp. »Ilse Plaschke kam aus einer Familie mit sozialem Hintergrund und sorgte sich in der Firma um die Belange der Mitarbeiter. Sie wurde als normale Angestellte geführt.«

»Wow, da haben die Kölner Kollegen ja mal ihren Hintern hochbekommen«, entfuhr es Mike Jansen, »sonst dauert das ja ewig, bis die mal was auf die Reihe kriegen.«

Heidkamp tat so, als ob er das nicht mitbekommen hätte und informierte die Runde über weitere Verbindungen, die Plaschke pflegte.

»Unter anderem ist bekannt, dass er, wenn er in Bonn an geschäftlichen Veranstaltungen teilnahm, sich abends mit exklusiven Damen traf. Sein bevorzugtes Hotel war das *Kaiser* am Rhein, ein ganz nobler Schuppen.«

»Bedeutet das, er steht unter Beobachtung?«, meinte Kathrin Hansen verwundert.

»Genau. Seit der Verdacht besteht, dass Plaschke Frauen in das Land einschleust, ist das LKA an ihm dran.«

»Na, hoffentlich läuft keiner von denen hier auf der Insel herum«, knurrte Friedrichs.

»Nein«, beruhigte Heidkamp, »da brauchen wir keine Sorgen zu haben, hier auf der Insel hält Plaschke seine Weste sauber, alleine schon wegen seiner Lebensgefährtin, die hier lebt. Auf Langeoog macht er einen auf bieder, es besteht kein Anlass, ihn hier zu observieren.«

»Also«, nervös trommelte Kathrin Hansen mit den Fingern auf die Tischplatte, »wie gehen wir jetzt konkret vor?«

Mit einem entsetzlichen Geschlürfe brachte sich Heidkamp in Erinnerung und nach dem Absetzen seiner Tasse war er wieder bei ihnen.

»Wir müssen mehr über die Lebensgefährtin von Plaschke wissen«, sagte er, »ihre Herkunft, berufliche Jobs und so weiter. Und wie Kollegin Jansen eben meinte, ob Plaschke sie doch schon bereits kannte, als seine Ehefrau noch bei ihm war.«

»Okay, sehe ich auch so«, stimmte Kathrin Hansen zu. »Mike, die Recherchen übernimmst du, und dann sehen wir weiter.

Aber was machen wir mit Plaschke?

Seine Frau wurde vor zwei Jahren ermordet, zu welchem Zeitpunkt wissen wir nicht, mit einem Alibi ist also nichts.«

»Ich schlage vor, ihr bestellt Plaschke in die Dienststelle, ihr könnt ihm ja sagen, es müsste ein offizielles Protokoll über den Tod seiner Frau aufgenommen werden«, schaltete sich Heidkamp wieder ein. »Bei dieser Gelegenheit muss er angeben, zu welcher Zeit er in den letzten zwei Jahren auf der Insel war. Ihm muss klar werden, dass wir ihn im Visier haben.«

»Hm«, Kathrin Hansen überlegte laut, »was meinen Sie, soll ich ihm den Ring von seiner Frau zeigen? Es könnte interessant sein zu sehen, wie er darauf reagiert.«

»Eine gute Idee, ein solch emotionaler Moment könnte vielleicht etwas bringen. Ach übrigens«, meinte Heidkamp in aufgeräumten Ton, »mit der Mittagsfähre trudele ich auf der Insel ein. Mein Freund Maartens und ich haben uns zu einer Runde Golf verabredet. Ihr könnt mich also auf dem Platz oder später im *Fährmann* erreichen. Und nun muss ich hier abbrechen, ich habe noch etwas mit dem Staatsanwalt zu besprechen.«

»Na toll«, knurrte Mike Jansen, nachdem die Verbindung abgebrochen war, »unser Chef treibt sich auf dem Golfplatz herum, während wir zusehen müssen, wie wir einen Kriminellen festgenagelt bekommen.«

»Och, ich melde mich freiwillig für den Report an Heidkamp im *Fährmann*«, meinte daraufhin Friedrichs grinsend.

»Was für ein Opfer«, knurrte Mike Jansen.

Kathrin Hansen erhob sich und langte nach ihrer Jacke und Umhängetasche.

»Also los.

Ich fahre jetzt zu Heinz Petersen, dem Flughafenleiter, er soll mal checken, ob Plaschke in den letzten beiden Jahren hier gelandet ist, oder überhaupt einen Flieger benutzt hat. Meines Wissens nach werden die Fluglisten jahrelang gespeichert.«

Friedrichs blickte sie skeptisch an.

»Du glaubst, die Ermordung seiner Frau könnte eine Nacht- und Nebelaktion gewesen sein?«

»Ausschließen kann man das jedenfalls nicht.

Und wir müssen wissen, ob Plaschke außer seinem Ferienhaus noch weitere Immobilien auf Langeoog besitzt. Und wenn ja, ab wann. Ob er diese schon gekauft hat, als seine Frau noch lebte. Speziell geht es um das Anwesen, in dem seine Lebensgefährtin die Boutique hat.«

Zustimmend nickte Friedrichs und meinte, er würde das im Katasteramt überprüfen.

14. KAPITEL

Einige Flights waren bereits auf der Runde und das Wetter spielte mit strahlender Sonne und nur mäßigem Wind bestens mit. Mit seinen 9 Loch war der Golfplatz nicht einfach zu spielen. Schmale Fairways, viel Wasser und ausreichend Gebüsch waren für die Spieler ständige Herausforderungen. Der Meinung des Kriminalrats nach war es ein Golfplatz, der von den Spielern Präzision und Gefühl abverlangte. Dafür entschädigte er einen mit dem unvergleichlichen Flair der Insel.

Eine würzige Meeresbrise wehte von der See herüber und es ertönte das dumpfe Horn der Fähre, die sich im Hafen anmeldete. Mit Blick nach Westen registrierte Heidkamp die Inselbahn, die beim Einlaufen der Fähre bereits dort stehen würde, um die ankommenden Feriengäste aufzunehmen. Abgestimmt auf die Minute war alles top organisiert.

Um genau fünfzehn Uhr schlug Heidkamp

an Tee 1 ab. Sein Freund Maartens hatte mit einem starken Drive vorgelegt und zufrieden sah Heidkamp, dass sein Abschlag ebenfalls präzise auf dem Fairway landete.

»Na, Berend, unser Start war doch schon mal Spitze«, meinte neben ihm Maartens gut gelaunt. »Schön, dass du dich dienstlich freimachen konntest und wir eine Runde spielen können.«

»Ja, ich freue mich auch und das Beste ist«, Heidkamp blickte seinen Freund lächelnd an, »in wenigen Tagen werden wir unser Haus auf der Insel beziehen und dann, Bent, ist Golfen öfters angesagt.«

»Gehst du in den Ruhestand, oder bist du unter der Woche noch in der Dienststelle in Wittmund?«

»Tja«, bedenklich schüttelte der Kriminalrat den Kopf. »Also so ganz bin ich noch nicht vom Dienst weg, habe mir aber vorgenommen, die Möglichkeiten des Home Office verstärkt zu nutzen. Heißt, in der Regel werde ich mich in der Woche so etwa zweimal in Wittmund blicken lassen, für Personalbesprechungen, Konferenzen und so. Ansonsten werde ich von zu Hause aus arbeiten.«

»Nun, ich kann mir vorstellen, dass deine Hauptkommissarin sich die Chance nicht entgehen lassen wird, dich jederzeit greifen zu können, wenn es mal wieder brennt«, meinte Maartens mit einem Lachen in den Augen. »Zudem sie bei euch ja sowieso wie zu Hause ist.«

In dem Moment hörte Heidkamp wie im Anflug eine Propellermaschine sich näherte und Sekunden später landete. Langsam rollte die Maschine in Richtung Flughafengebäude und parkte unweit des Tower. Kein Mensch ließ sich blicken und kurz darauf verließ der Pilot die Maschine. Wenn auf diese Tour mal einer ungesehen auf die Insel kommen will, dürfte das kein großes Problem sein, ging es Heidkamp durch den Kopf und er wunderte sich, dass in der Vergangenheit so etwas noch nicht geschehen war. Wenigstens war ihm nichts dergleichen bekannt.

»Berend, ich glaube, wir müssen uns etwas beeilen«, unterbrach Maartens seine Überlegungen, »hinter uns der Flight wartet schon.«

»Okay, dann mal los«, meinte Heidkamp und mit einem schönen Schwung schlug er seinen Golfball wenige Meter hinter einem Wasserhindernis auf das Fairway. Während er anschließend seinen Trolley dorthin zog, kam ihm wieder Plaschke in den Sinn. Ein Mann, der in seinem Kölner Wohnort geschätzt wurde, der sich in Bonn mit Edelnutten vergnügt hatte, dessen Ehefrau verschwunden war, um zwei Jahre später als Knochenpaket aus dem Meer gefischt zu werden. Und nun lebte Plaschke mit einer bedeutend jüngeren attraktiven Frau zusammen. Das stinkt, und zwar ganz gewaltig, schoss es Heidkamp durch den Kopf, es wird Zeit, dass wir dem Mann einige Fragen stellen.

Unkonzentriert schlug er seinen nächsten Golfball in ein Wasserhindernis, knurrte etwas vor sich hin, droppte einen neuen Ball mit dem Vermerk eines Strafpunktes, schlug ihn ab und während er über das Fairway ging, nahm er sein Handy aus Tasche und prüfte, ob die Hauptkommissarin sich schon gemeldet hatte. Doch anscheinend hatte sich nichts Neues ergeben. Beruhigt und wieder ganz beim Golfen spielte er noch einige schöne Bälle und erreichte Maartens auf dem Grün, der mit einem Pitch seinen Ball nahe an die Fahne geschlagen und dann eingelocht hatte.

»Du legst heute ein echt schönes Spiel hin«, sagte er zu ihm und freute sich dann über den langen Putt, der sein eigenes Spiel mit einem Bogey abschloss. Auf dem Weg zum nächsten Tee reichte er Maartens sein Handy und zeigte ihm das Foto von Plaschke.

»Bent, du hast doch mitbekommen, dass wir in einem Mordfall ermitteln, dass die Überreste einer getöteten Frau hier vor unserer Küste ausgebaggert und an Land gespült wurden. In dem Zusammenhang habe ich hier ein Foto von einem Mann, hast du den schon mal gesehen?«

Maartens nahm das Handy, zoomte das Foto größer, betrachtete es einen Moment und nickte dann.

»Klar, den habe ich gestern Nachmittag am Hafen gesehen. Eine massige Erscheinung, schwarz gekleidet, und es war schon ungewöhnlich, dass er anstatt mit der regulären Fähre mit einem Transportkahn angekommen ist.«

Irritiert blickte Heidkamp ihn an.

»Transportkahn?

Was heiß das?

Hatte er größeres Gepäck oder so etwas dabei, hast du da etwas gesehen?«

»Nein, jedoch hatte ich den Eindruck, dass er sich auf dem Boot sehr sicher bewegte, also so, als wäre ein solches Transportschiff für ihn nichts Ungewöhnliches.«

Angespannt blickte Heidkamp ihn an.

»Bent, das ist Benno Plaschke, der Mann,

dessen Frau ermordet wurde. Und«, Heidkamp machte eine künstliche Pause, »der Mann ist Unternehmer, Inhaber einer der größten Transport- und Logistikfirmen. Hast du den Namen des Schiffes lesen können, mit dem er angekommen ist?«

»Hm«, grübelnd ging Maartens über das Fairway zum nächsten Abschlag. Beim Abstellen seines Trolleys blickte er seinen Freund an.

»Stimmt, Berend. Da stand etwas mit Logistik auf dem Bug des Schiffes, jedoch war das eher eine Kurzbezeichnung, so eine Art Logo.«

»Könnte es *TransLog* gewesen sein?«

»Genau, das ist es, und der Schriftzug war zweifarbig in blau und schwarz aufgemalt. Und Berend, da gab es einen Vorfall, der mir recht seltsam vorgekommen ist.« Maartens berichtete, dass Plaschke mit seinem Elektrokarren ein anderes Fahrzeug gestoppt hatte und sich daraufhin zwischen dem Fahrer und Plaschke ein Gespräch entwickelte, das nach seiner Meinung schließlich in eine Auseinandersetzung ausuferte. Gerne hätte Heidkamp sofort näher nachgefragt, doch der Flight hinter ihnen drängte. Nachdem er bei der letzten Bahn eingelocht hatte, griff er das

Thema wieder auf. »Bent, das ist ja interessant. Plaschke hat hier einen eigenen Transportkahn, da springt doch der Verdacht, dass er am Verschwinden seiner Frau beteiligt sein könnte, einen geradezu an. Stell dir vor, bis zu der Stelle, wo die Knochenreste aufgenommen wurden, ist es vom Hafen nur ein Katzensprung. Vielleicht liegt der Fundort sogar auf einer seiner Schiffsrouten. Verdammt, Bent, auf diese Information gebe ich im *Fährmann* einen aus.«

15. KAPITEL

Über die ergebnislose Besprechung mit dem Flughafenleiter war es weit über Mittag geworden und Kathrin Hansen rief in der Dienststelle an, um sich zu erkundigen, ob etwas Dringendes vorliegen würde, ansonsten würde sie Mittagspause machen.

»Alles ruhig«, verkündete Ava Sari, »weder die Polizeiinspektion noch sonst wer hat sich gemeldet.«

»Was ist mit Sonja Klaes, hat sie mit der Kosmetikbürste der Toten schon einen DNA Abgleich machen können?«

»Sie hat sich noch nicht gemeldet, ich werde direkt mal nachhören.«

»Nein, lass mal. Sonja weiß, wie dringend es ist, die Identität der Toten abschließend feststellen zu können, sie wird sich melden, sobald das Ergebnis vorliegt. Also, dann bin ich jetzt erst einmal nach Hause und es könnte sein, dass ich mich noch mit unserem Chef treffen werde. Ich sage dir dann jedoch Bescheid.«

Da sie am Abend zusammen mit Hindrik kochen wollte, beschloss sie beim Fischimbiss vorbeizufahren, um sich ein Matjesbrötchen zu gönnen. Sie ließ es sich einpacken und erreichte wenige Minuten später ihr Haus an der Höhenpromenade. Wie so oft ließ der Anblick dieses Anwesens ihr Herz schneller klopfen. Sie blickte hoch zur Terrasse und lag geistig schon in einem der bequemen Chairs und genoss den Blick auf das Meer.

Schnell zog sie sich etwas Bequemes an, nahm aus dem Kühlschrank ein alkoholfreies Bier und setzte sich mit den leckeren Sachen an den Terrassentisch. Soweit sie sehen konnte waren die Strandkörbe fast alle belegt und weil Rücklaufendes Wasser war, konnten die Kinder so richtig schön in der Matsche buddeln. Für ihre Eltern die Gelegenheit, sich einmal sorglos entspannen zu können.

Kinder!

Wieder einmal drängte sich ihr das Thema auf. Hindrik und sie wollten Kinder, doch sie hatte den Zeitpunkt immer wieder nach hinten geschoben. Gut, während sie die hässliche Scheidung von ihrem Mann tief in ihrem Innern bewältigen musste, war Kinderwunsch kein Thema gewesen, doch das war nun Vergangenheit. Mit Hindrik hatte sie den Mann gefunden, mit dem sie in Zukunft leben wollte und wenn auch die Paare, die Kinder bekamen, in der Regel älter als früher waren, wurde es für sie so langsam Zeit. Sie seufzte auf, griff nach der Tagesausgabe des *Insel Report*, blätterte auf die Titelseite und starrte entgeistert auf die Schlagseite.

„Mordopfer vor der Küste Langeoogs aus dem Meer gefischt", stand als Schlagzeile über die gesamte Breite der Zeitung. Im Artikel wurden die schaurigsten Vermutungen durchgekaut und Kathrin Hansen sah schon die Feriengäste ihre Koffer packen, um fluchtartig die Insel zu verlassen. Dabei hätten aufgrund der Nachrichtensperre, die Kriminalrat Heidkamp angeordnet hatte, keine Informationen an die Presse durchdringen dürfen. Sie überdachte die Szene, als sie am Strand stand und den Knochenfund betrachtet hatte. Mehrere Leute hatten das mitbekommen und sie hätte es sich denken können, dass die Angelegenheit nicht geheim gehalten werden konnte.

Doch stopp, schoss es ihr durch den Kopf, die Zeitung schrieb von einem Mordopfer, und das konnte keiner wissen. Erst durch die

Pathologin wurde das Einschussloch im Schädel festgestellt. Also eine undichte Stelle in den eigenen Reihen, dachte sie wütend, trotzdem, die Zeitung hätte das so nicht bringen dürfen, das war Blödheit im Quadrat.

Mechanisch griff sie nach dem Handy und wählte die Nummer der Redaktion.

»Insel Report, was kann ich für Sie tun?«, meldete sich die Redaktionssekretärin und Kathrin Hansen hörte, wie sie eine Tasse absetzte.

»Kathrin Hansen, geben Sie mir ihren Chef.«

»Tut mir leid, Freddy, ich meine Herr Voss, ist gerade in einer wichtigen Besprechung, rufen Sie später wieder an.«

Frust stieg in Kathrin Hansen hoch. Sie hatte sich schon mal mit dieser Frau angelegt, diese hätte es eigentlich besser wissen müssen.

»Kindchen«, fauchte sie, »wenn Sie mir nicht sofort ihren Freddy geben, wird es für Sie stressig. Und das wollen Sie doch nicht, oder?«

Einen kurzen Moment blieb es still, dann kam ein »ich verbinde«, und sie hatte den Leiter der Redaktion an der Strippe.

»Meine Liebe, schön mal wieder von Ihnen zu hören«, sagte Voss mit einer Stimme, die an Schmierseife erinnerte.

»Ist Ihnen klar, was Sie mit ihrem Artikel

angerichtet haben?«, kam sie direkt auf den Punkt. »Feriengäste reisen bereits früher ab und andere leben in großer Sorge um ihre Sicherheit. Ich will den Namen, der Ihnen die Information gesteckt hat.«

»Aber, aber, nun regen Sie sich mal nicht auf. Dass wir die Namen unserer Informanten nicht weitergeben können, wissen Sie schon?«, antwortete Voss herablassend.

Schlagartig spürte Kathrin Hansen, wie Wut in ihr hochstieg, Wut darüber, dass wegen der Sensationsgeilheit dieses Mannes sich Angst auf der Insel ausbreitete.

»Okay«, sagte sie gedehnt, »dann werde ich doch gleich einmal eine Nachfrage bei den Geschäftsleuten auf der Insel starten, ob sie es so toll finden, wenn plötzlich die Kunden ausbleiben, wenn der Umsatz fehlt. Und ob sie den *Insel Report* auch weiterhin mit Inseraten unterstützen wollen. Was denken Sie wohl, wie die Antwort ausfallen wird?«

»Das können Sie nicht machen, das dürfen Sie nicht«, bellte Voss.

»Wie bitte?

Sie versetzen die Insel in Angst und Schrecken und kommen mir so?

Morgen früh lese ich in ihrem Blatt, das mit dem Mordopfer wäre nur eine Annahme gewesen. Und das auf der Titelseite in voller Breite. Sonst werden Sie die Konsequenzen tragen müssen.«

Damit drückte Kathrin Hansen das Gespräch weg und lehnte sich zurück. Mehr konnte sie im Moment nicht tun.

Sie stand auf und wollte den Tisch abräumen, als das Handy sich meldete.

Heidkamp, zeigte das Display an.

Sie hörte kurz zu, meinte, in wenigen Minuten wäre sie da und brachte das Geschirr in die Küche.

16. KAPITEL

Es war Freitag, noch recht früh am Abend und doch waren im *Fährmann* schon alle Tische besetzt. In weiser Voraussicht hatte Heidkamp vom Golfplatz aus das Hinterzimmer reserviert, anschließend Kathrin Hansen angerufen und sie gebeten, in den *Fährmann* zu kommen. Es gebe Erkenntnisse, die er mit ihr besprechen wollte.

Gerade hatte die Kellnerin für ihn und Maartens ein frisch gezapftes Bier gebracht, als die Hauptkommissarin auch schon auftauchte.

»Na, wer von den Herren hat denn heute die meisten *Birdies* gespielt?«, meinte sie gut gelaunt. »Kann man da überhaupt noch mithalten?«

Heidkamp winkte ab, drückte auf die Klingel für den Service und bestellte ein weiteres Bier.

»Bent hätte es mit den Birdies ja glatt gebracht, doch ich habe ihn zu viel abgelenkt«, antwortete er schmunzelnd.

»Doch etwas anderes. Wie der Zufall es wollte, hat Bent am Hafen eine interessante Beobachtung gemacht.« Er blickte zu Maartens hin und bat ihn, die Hauptkommissarin über das Geschehen zu informieren.

»Das ist ja interessant, das wirft ein ganz neues Licht auf den Fall«, kommentierte Kathrin Hansen. Sie nahm ihr Glas, trank einen Schluck und überlegte, wo sie ansetzen sollte.

»Also, fangen wir mit dem Transportkahn an, ein Schiff der Firma *TransLog*. Das bedeutet, Plaschke ist nicht irgendein Feriengast mit eigener Immobilie auf der Insel, sondern er ist hier geschäftlich tätig. Er ist auf der Insel vernetzt.«

»Wenn das mit dem Transportkahn nicht eine einmalige Sache war«, gab Heidkamp zu bedenken.

»Klar, die Möglichkeit besteht, jedoch die anschließende heftige Diskussion zwischen Plaschke und einem Insulaner spricht dagegen. Trotzdem, das mit dem Schiff lasse ich sofort überprüfen.« Aus ihrer Umhängetasche zog Kathrin Hansen ihr Handy, rief Ava Sari an und erklärte ihr, worum es ging.

»Wenn wir davon ausgehen«, meinte sie danach an Heidkamp gewandt, »dass Plaschke geschäftlich auf Langeoog integriert ist, also mit Logistik, Transport und so, was würde das bedeuten?«

»Zunächst einmal hätte dieser Mann die Möglichkeit, einen Menschen unbemerkt im Meer verschwinden zu lassen. In der Dämmerung so mal eben über Bord, würde das keiner mitbekommen.«

Nicht überzeugt, schüttelte Maartens den Kopf. »Wäre das nicht zu offensichtlich? Hier vor der Küste, hier, wo sein eigener Kahn hin und her schippert? Plaschke musste doch befürchten, dass auf ihn Verdacht fallen würde.«

»Vielleicht eine Effekthandlung, durch einen Streit verursacht«, gab Kathrin Hansen zu bedenken. »Ilse Plaschke könnte ihren Mann auf einer Tour begleitet haben, es kam zu einem Streit, er ist ausgerastet und hat sie getötet.«

In dem nachdenklichen Schweigen, das sich ausbreitete, meldete sich ihr Handy.

»Und, Ava, hast du etwas erreichen können?«

»Und ob!«

Minutenlang hörte die Hauptkommissarin zu, sagte einmal »das ist ja irre«, nahm nach Ende des Gesprächs einen großen Schluck Bier und blickte mit einem Leuchten in den Augen in die Runde.

»*TransLog*, das Unternehmen von Plaschke, strebt ein Monopol für den gesamten Transport sowie für die Logistik auf Langeoog an. Bereits seit einiger Zeit setzt *TransLog* die hiesigen Firmen durch Preisdumping mächtig unter Druck. Zwei Kleinunternehmer haben bereits an Plaschke verkauft und die anderen haben sich zusammengetan, um ihm entgegentreten zu können.«

Mit gefurchter Stirn blickte sie ihren Chef an.

»Und wir haben nichts davon bemerkt, das ist doch kaum zu glauben.«

Abwägend schüttelte Heidkamp den Kopf.

»Auf diesem Sektor arbeiten viele Leute vom Festland. Früh morgens kommen sie auf die Insel, machen ihren Job, fahren abends wieder zurück und haben keinen Kontakt zu den Insulanern. Für die Arbeiter auf den Schiffen gilt das gleiche und mit den Chefs der Firmen kommen wir auch nicht zusammen.

Von daher«, Heidkamp zuckte mit den Schultern, »solange uns nichts Ungesetzliches gemeldet wird, kriegen wir nichts mit.«

»So ist es«, stimmte Maartens zu. »Ich muss gestehen, dass auch ich keinerlei Kontakt zu den Leuten habe, die hier auf der Insel den ganzen Betrieb am Laufen halten. Ich sehe, wie sie hin und her wuseln, immer sehr eilig unterwegs sind, und wenn ich am Hafen bin, ist die Kommunikation zu ihnen gleich null.«

»Geht mir genau so«, meinte Kathrin Hansen, »wenn ich nicht gerade dienstlich mit ihnen zu tun habe, bleibe ich außen vor. Ich habe keine Ahnung, was unter der Oberfläche so alles vor sich hin blubbert.

Aber fassen wir zusammen: Plaschke hat ein Imperium auf dem Sektor Transport und Logistik geschaffen. International agierend. Und nun streckt er seine Krallen nach Langeoog aus. Doch es scheint nicht so zu laufen, wie er es gerne hätte, und nun will er mit Dumpingpreisen die bestehenden Firmen zur Übernahme zwingen.

Eine Sauerei.

Das bedeutet Konfrontation.«

»Dies könnte die Auseinandersetzung, die ich am Hafen beobachtet habe erklären«, warf Maartens ein.

»Mann, oh Mann«, stöhnte Heidkamp, »da könnten noch hohe Wellen auf uns zukommen.«

»Kommen wir zurück zu unserem Mordopfer«, sagte Kathrin Hansen, und brachte die Diskussion wieder in die Spur.

»Wir wissen, dass Plaschke ein Krimineller ist. Hat er anfangs mit Kunst aus Osteuropa gedealt, schmuggelte er später mit seinen LKWs von Polen aus Frauen ins Land.

Ein ganz übles Geschäft.

Zeitgleich betrog er seine Frau mit Edelnutten, und hier«, mit gerunzelter Stirn blickte sie die Männer an, »stellt sich mir die Frage, ob Veronika Hindich eine von ihnen war. Ob sie bereits die Geliebte von Plaschke war, als seine Frau noch gelebt hat.«

17. KAPITEL

Vor lauter Aufregung hatte Mike Jansen in der Nacht nur wenig geschlafen und atmete nun beim Laufen tief die frische Seeluft sein.

Heute würde sie umziehen!

Zu dem Mann, den sie liebte, dem sie vertraute. Mit dem Entschluss hatte sie es sich nicht einfach gemacht, lange hatte sie gezögert, das Für und Wider immer wieder gegenübergestellt, abgewogen. Durch die bittere Erfahrung, die sie während der verkorksten Ehe ihrer Eltern gemacht hatte, eine Ehe, die am Ende nur noch hässliches zutage brachte, war ihre Abneigung gegen eine feste Beziehung zementiert gewesen.

Doch Olli Friedrichs hatte diesen Damm gebrochen. Er, der etwas steife Ostfriese, hatte es fertiggebracht, sie aus dem Loch des Zweifelns herauszuholen. Nun hatte sie quasi als Abschied von ihrem Singledasein die letzte Nacht alleine in ihrer Dachgeschosswohnung verbracht, war um sechs Uhr aufgestanden, hatte einen Pott Kaffee getrunken und war dann zum Strand gelaufen. Sie hatte sich in Richtung Flinthörn gewandt und das seichte auflaufende Wasser berührte ihre Füße. So wollte sie schon immer leben, in Einheit mit der Natur, mit Kollegen, die sie mochte und mit einer Perspektive in die Zukunft, die ihr Herz höher schlagen ließ.

Mit Blick auf ihre Watch registrierte sie, dass sie sich Zeit lassen konnte. Olli hatte den Transportkarren für neun Uhr bestellt und alles stand fertig gepackt bereit. Langsam erhöhte sie das Lauftempo und nach kurzer Zeit konnte sie schon die roten Bojen sehen, die auf Höhe des Flinthörn auf die Flut warteten. Etwas weiter vorne bemerkte sie einen Mann und eine Frau, die vom Aussichtspunkt kamen und durch das gesperrte Naturschutzgebiet liefen, um ans Wasser zu kommen.

Sonderbar, dachte Mike Jansen, um diese Zeit läuft hier sonst niemand herum. Und durch gesperrtes Gebiet laufen, geht schon mal gar nicht. Spontan wollte sie die Leute zur Rede stellen, als die Frau ihr irgendwie bekannt vorkam. Ein Gefühl sagte ihr, dass sie besser nicht erkannt werden sollte und in einer engen Schleife lief sie eine Kehrtwendung. Ein Stück weiter steuerte sie die Dünen an, suchte sich eine Nische und legte sich mit ausgebreiteten Armen in den Sand.

Eine Joggerin, die sich entspannte.

Mit schmalen Augen beobachtete sie das Pärchen und erkannte nun die schlanke hochgewachsene Gestalt mit den langen blonden Haaren, die zu einem Pferdeschwanz gebunden waren.

Veronika Hindich, in deren Boutique sie kürzlich eingekauft hatte.

Veronika Hindich, die Lebensgefährtin von Plaschke. Nur dass der Mann an ihrer Seite ein anderer war.

Mike Jansen spürte, wie es sie packte und überlegte blitzschnell die Varianten, die diese Entwicklung im Mordfall Ilse Plaschke bedeuten konnten. Ob Benno Plaschke wusste, mit wem seine Veronika unterwegs war?

Es gab nur eine Möglichkeit das zu überprüfen, und das sofort. Sie nahm ihr Handy, wählte die Nummer ihrer Chefin, diskutierte mit ihr die Situation, stimmte ihrem Vorschlag zu und schlenderte anschließend mit ausreichendem Abstand hinter Veronika Hindich und ihrem Begleiter her.

18. KAPITEL

Eigentlich war Ava Sari an diesem Morgen schon frustriert genug. Ein Zusammenstoß mit einem Typen am vergangenen Abend lag ihr noch schwer im Magen. Dabei hatte sie nur mal kurz ins Meer springen und sich abkühlen wollen, als ein stark alkoholisierter Mann sich bei ihren abgelegten Sachen niederließ und sie anmachte, als sie aus dem Wasser stieg. Er hatte wohl gemeint, mit einem Leichtgewicht von einer Taiwanerin könnte er sich alles erlauben. Was er nicht wusste war die Tatsache, dass sie in ihrer Heimat Landesmeisterin in *Dju Shu* gewesen war. Nun, nach dem ersten aggressiven Grapschen lag er auf dem Rücken, brüllte ordinär durch die Gegend, und machte sich schließlich davon. Noch in der Nacht machte der Vorfall ihr zu schaffen und hatte entsprechend schlecht geschlafen.

Und nun die gerade eingegangene Meldung:

»In einem Strandkorb liegt eine Frau und ich glaube sie ist tot«, hatte eine männliche Stimme gemeldet. Ava Sari schluckte, die Nachricht klang dramatisch.

»Sind Sie sicher, dass sie tot ist, haben Sie die Frau angesprochen?«

»Ja, doch keine Reaktion.«

»Gut, ich schicke sofort den Rettungsdienst, wo genau sind Sie?«

»Sportstrand, Strandabschnitt H/S.«

»Okay, bleiben Sie bitte dort bis der Rettungsdienst eintrifft, es dauert nicht lange.«

»Klar, mache ich.«

Dann kam nichts mehr.

Nachdem sie den Rettungsdienst verständigt hatte, informierte Ava Sari ihre Chefin, die mit Hindrik beim Frühstück saß und sich auf ein freies Wochenende freute.

»Eine Tote in einem Strandkorb, klang der Anrufer glaubwürdig?«, meinte Kathrin Hansen skeptisch.

»Ja, ich denke schon. Seine Meldung war klar und sachlich.«

»Hat er Anzeichen eines Gewaltverbrechens erwähnt?«

Bei der Vorstellung bekam Kathrin Hansen ein flaues Gefühl im Magen, ihr reichte der Mordfall Ilse Plaschke völlig, sie war nicht scharf auf eine weitere Tote. Doch sie musste der Meldung nachgehen.

»Nein«, erwiderte Ava Sari, der Anrufer hat nichts in der Art erwähnt.«

»Okay, Olli und Mike wollen wir beim Umzug nicht stören, ich sehe mir die Frau mal an.«

»Eindeutig wurde die Frau erdrosselt«, erklärte Sonja Klaes und zeigte auf den Hals der Toten.

»Sieht mir aus, als ob der Täter ein Tuch benutzt hätte. Möglicherweise sogar das des Opfers. Zeitpunkt des Geschehens gestern Abend zwischen einundzwanzig Uhr und Mitternacht.

»Gibt es sonstige Verletzungen?«, fragte die Hauptkommissarin und musterte das stark geschminkte Gesicht der Toten.

»Sieht nicht danach aus, genaues kann ich nach der Obduktion sagen. Sobald ich sie auf dem Tisch habe, mache ich mich an die Arbeit. Doch eines sehe ich schon jetzt«, Sonja Klaes blickte Kathrin Hansen mit gerunzelter Stirn an, »die Frau hat nicht gerade ein solides Leben geführt. Aber, wie gesagt, das alles später.«

Kathrin Hansen nickte stumm, musterte das tief ausgeschnittene Top, die ultrakurze

Hotpants und staunte über die neonfarbigen grünen Fingernägel. Doch so richtig überrascht war sie, als sie die gefleckte, faltige Haut der Toten registrierte. Eine auf jung getrimmte ältere Frau, schoss es ihr durch den Kopf. Und die Bemerkung der Pathologin auf ein nicht gerade solides Leben, das die Frau geführt hatte, ließ eine Ahnung in Kathrin Hansen aufkommen.

Um die Untersuchung nicht weiter zu behindern, zog sie sich zurück, stapfte einige Meter durch den Sand und bemerkte mehrere Personen, die auf dem Bohlenweg standen und zu ihnen hin starrten. Ob der Mörder unter ihnen ist? Immerhin musste er noch auf der Insel sein. Sie war schon versucht, sich die Leute näher anzusehen, ließ es dann aber. Für die Gaffer sollte es nach einem normalen Todesfall aussehen, tragisch ja, jedoch nicht spektakulär.

Doch was hatte das Mordopfer spätabends am Strand vorgehabt? Hatte die Frau den Sonnenuntergang beobachtet, war danach weiterhin im Strandkorb geblieben, ist dann eingeschlafen? Ob sie alleine oder in Begleitung gewesen ist, würde sich kaum mehr feststellen lassen, überlegte Kathrin Hansen.

Wenigstens hatten sie die Identität der

Toten. Unter der Fußauflage des Strandkorbes hatte Kathrin Hansen eine mit Sand bedeckte kleine Tasche entdeckt. Bei der Dunkelheit musste der Mörder sie übersehen haben. Achthundert Euro, die sich in ihr befanden, hätte er garantiert mitgehen lassen und den Ausweis wahrscheinlich auch. Überhaupt bohrte sich in ihr die Frage, ob der Mörder es gezielt auf die Frau abgesehen hatte, oder ob die Tat aus dem Affekt geschehen war. So, wie es aussah, schien es keine sexuelle Gewaltanwendung gegeben zu haben, wenigstens das war beruhigend. Ein Triebtäter auf der Insel wäre der reinste Horror.

Tief atmete Kathrin Hansen durch, überlegte, wie sie die Fahndung angehen musste, ohne dass es die Öffentlichkeit mitbekam. Ihr Blick wanderte über das Meer und sie konnte es immer noch nicht fassen, dass sie nun zwei fette Mordfälle im Netz hatte.

19. KAPITEL

»Wahnsinn, Kathrin, das ist doch heller Wahnsinn«, sagte Mike Jansen aufgebracht.

»Ein Mord hier auf unserer Insel, am Strand, das ist doch irre. Ich komme sofort in die Dienststelle.«

»Stopp, Mike, lass uns erst einmal überlegen, ob das Sinn macht. Wir haben keinerlei Vorstellung von dem Mörder, wir wissen nicht, nach wem wir suchen sollen.«

»Heißt, eine Fährüberwachung würde uns nichts bringen?«

»Genau. Aber wir haben den Namen der Toten. Es handelt sich um eine Ella Katz, wohnhaft in Bonn.«

»Bonn?

Da klingelt doch was.«

»Du denkst an Plaschke, der sich dort mit Prostituierten vergnügt hat? Ich glaube, das ist zu weit hergeholt. Aber hier könntest du mal recherchieren, vielleicht gibt es ja etwas über diese Ella Katz. Kannst du von zu Hause aus machen, ich schicke dir ihr Foto. Stöbere auch mal in einschlägigen Seiten, du weißt schon.«

»Du meinst, die Tote war gewerblich tätig?«

»Könnte sein, ist mehr so eine Ahnung. Und danach machst du mit dem Umzug weiter. Brauche ich dich oder Olli, melde ich mich.«

»Versprochen?«

»Versprochen!«

Entsetzt über den Mord sprach Mike Jansen mit Friedrichs darüber, der sofort die Ermittlungen aufnehmen wollte und vorschlug, das Aufstellen der Möbel auf den Abend zu verschieben. Doch Maike Jansen winkte ab.

»Olli, genau das habe ich Kathrin vorgeschlagen, doch sie hat recht, wir haben keine Ansatzpunkte und ziellos durch die Gegend gurken ergibt keinen Sinn. Wir machen es so, ich ziehe mich auf den Spitzboden zurück, dann stehe ich dir und den Jungs beim Aufbau der Möbel nicht im Wege und versuche etwas über diese Ella Katz herauszubekommen. Sollte es Hinweise zur Insel geben können wir denen ja nachgehen.« Schnell drückte sie ihm einen Kuss auf den Mund, schnappte sich ihr MacBook und stieg die Treppe hoch.

Nachdem am Strand die Tote in einem Zinksarg abtransportiert wurde und sie es tatsächlich geschafft hatte nach außen hin es wie einen normalen Todesfall aussehen zu lassen, brauchte Kathrin Hansen etwas für ihre blank liegenden Nerven. Ava Sari, die sie in der Dienststelle mit einem besorgten Blick empfing, hatte vorgesorgt. Im Sozialraum stand eine Kanne frisch gebrühter Kaffee und auf einem Teller lagen duftende Croissants.

»So, jetzt setzt du dich erst einmal hin und entspannst dich«, sagte Ava Sari in einem Ton, der keinen Widerspruch duldete. Sie stellte zwei Tassen und die Croissants auf den Tisch und schenkte Kaffee ein. Kathrin Hansen wurde wieder einmal bewusst, dass sie von Menschen umgeben war, die sich mochten, ja fast schon eine Familie war.

»Danke, Ava«, sagte sie nach dem ersten Schluck Kaffee. »Genau den habe ich gebraucht.« Mit gerunzelter Stirn berichtete sie über den Mordfall und dass die Identität des Opfers bekannt sei.

»Wenigstens etwas. Ansonsten stehen wir völlig im Dunkeln da. Keine Ahnung, was das Motiv gewesen sein könnte, ob der Täter die Frau gekannt hatte, wir haben nichts. Maike recherchiert gerade, ob sie über diese Ella Katz, so heißt die Tote, etwas herausfinden kann.« Mechanisch griff Kathrin Hansen nach der Tasse, sah dabei Ava Sari an und erst jetzt fiel ihr auf, wie schlecht die sonst immer gesund aussehende Kollegin aussah. Besorgt blickte sie genauer hin und die großen dunklen Ringe unter den Augen bestätigten, dass etwas nicht stimmte.

Etwas ganz und gar nicht stimmte.

»Mein Gott, Ava, entschuldige, aber ich bemerke jetzt erst, dass es dir nicht gut geht. Was ist los, bist du krank?«

Stumm schüttelte Ava Sari den Kopf.

Kathrin Hansen ließ ihr Zeit, sie wusste, dass die junge Taiwanerin, die in ihrer Heimat grauenhaftes erlebt hatte, eine Weile brauchte, um ihre Probleme offenlegen zu können.

»Ich mache mir Vorwürfe«, meinte Ava Sari schließlich. »Ich hätte den Mann überprüfen müssen, dann würde die Frau vielleicht noch leben.«

Völlig verdattert starrte Kathrin Hansen sie an. Was Ava Sari da von sich gab, ließ eine schreckliche Ahnung in ihr hochkommen.

»Willst du damit sagen, du hattest Kontakt mit dem Mörder?

Du weißt, wer es ist?«

»Nein, so ist das nicht.«

Und dann berichtete Ava Sari von dem abendlichen Vorfall am Strand, von dem Mann, der sie belästigt hatte.

»Ich habe ihn einfach laufen lassen, ich hätte mir doch denken können, dass er es noch bei anderen Frauen versuchen würde. Aber in dem Moment bin ich gar nicht auf die Idee gekommen.«

Beruhigend berührte Kathrin Hansen ihren Arm.

»Ava, du hat dir nichts vorzuwerfen, du hast richtig gehandelt. Was hättest du auch mit ihm machen sollen?«

»Doch«, mit einer heftigen Bewegung wischte Ava Sari sich die Tränen ab, die ihr über das Gesicht liefen, »ich hätte ihm nachgehen und prüfen müssen, ob er sich nicht noch an andere Personen ranmacht.«

Energisch schüttelte Kathrin Hansen den Kopf.

»Nochmals, Ava, du hast richtig gehandelt. Einem besoffenen Typen hinterherzulaufen wäre nun wirklich nicht dein Ding gewesen. Die tote Frau wurde erdrosselt, ich vermute vorsätzlich, und«, Kathrin Hansen blickte ihrer Kollegin ernst in die Augen, »es liegen keine Anzeichen einer sexuellen Handlung vor. Aus dem Bauch heraus glaube ich nicht, dass der

Täter mit dem Typen identisch ist, den du aufs Kreuz gelegt hast. Trotzdem müssen wir den Mann finden und überprüfen.

Und das sofort.«

Sichtlich erleichtert nickte Ava Sari, biss herzhaft in ein Croissant, stand auf, nahm ein Blatt Papier aus dem Kopierer und setzte sich wieder hin. Sie hatte das Zeichentalent ihrer Mutter geerbt und innerhalb weniger Minuten brachte sie detailgenau das Portrait des Mannes aufs Papier. Zufrieden betrachtete sie es und schob es zu ihrer Chefin hin.

»Das ist der Mann, so sieht er aus.«

»Sieht der abstoßend aus«, knurrte Kathrin Hansen und musterte das breite Gesicht mit den kleinen Augen und den aufgeworfenen Lippen. »Wir werden ihn finden, ihn in Bezug auf den Mordfall überprüfen, und du wirst Anzeige erstatten.«

Schwer lehnte sich Kathrin Hansen auf dem Stuhl zurück und atmete tief durch.

»Ich fürchte, wir werden nun doch Olli und Mike dazu rufen müssen, alleine kriegen wir das nicht hin«, sagte sie und bat Ava Sari von der Zeichnung Kopien anzufertigen. Sie blickte auf die Wanduhr und ihre Brauen zogen sich missmutig zusammen.

»Die beiden ersten Fähren sind bereits

ausgelaufen, der Mann könnte von der Insel schon runter sein. Obwohl, wenn er am Abend stark alkoholisiert war, kann ich mir das kaum vorstellen. Schicke sofort Bilder zum Bahnhof und zur Hafenleitung, dort muss überprüft werden, ob der Verdächtige mit einer der beiden Fähren gefahren ist. Am Morgen ist nie viel los, dem Personal wäre bestimmt ein solches Gesicht aufgefallen. Und die sollen auch die Aufzeichnungen der Kameras checken, wir müssen wissen, ob der Mann noch auf der Insel ist.

Ich rufe jetzt Olli an.«

20. KAPITEL

Auf dem Weg zum Bahnhof wich Friedrichs mit seinem Bike mehrmals abreisenden Personen aus, die mit ihren Trolleys die Radwege kreuzten und denen anzusehen war, dass sie gerne länger auf der Insel geblieben wären. Dabei nahm er jede Person aufs Korn und wünschte sich, den gesuchten Mann möglichst noch vor dem Bahnhof zu entdecken, wenn dieser überhaupt die Absicht hatte, die Insel verlassen zu wollen. Beim Hafenamt und auf den Fähren waren die Nachforschungen ergebnislos verlaufen, der Gesuchte musste also noch auf der Insel sein. Wut überkam Friedrichs, als er daran dachte, dass der Mann seine Kollegin angetatscht hatte und was hätte passieren können. Als er sich vorstellte, wie Ava Sari den Typen aufs Kreuz gelegt hatte, musste er jedoch grinsen, das hätte er gerne gesehen. Jedenfalls war der Mann nicht der Erste, der sich in der zierlichen

Taiwanerin getäuscht hatte. Gerade wollte er in den Lütje Pad einbiegen, als eine fluchende Gestalt ihren Trolley vom Bürgersteig zog und ihm direkt vors Bike lief. Ein Kapuzenmensch, und das bei diesem Traumwetter. Sofort schrillten bei Friedrichs die Alarmglocken. In dem Moment, wo er den Mann ansprechen wollte, drehte der sich zu ihm um und zeigte ihm den Mittelfinger.

»Pass auf, wo du hinfährst, du Depp«, brüllte er und blickte Friedrichs wütend an.

Es war der Gesuchte.

Ava hatte ihn treffend gezeichnet.

Nur die Situation rundum war nicht geeignet, den Mann festzunehmen. Von allen Seiten strömten Reisende zum Bahnhof und es hätte einen unschönen Auftritt gegeben. Mit einer solch miesen Erinnerung durften die Feriengäste Langeoog nicht verlassen.

Wortlos fuhr Friedrichs in einem Bogen an dem Mann vorbei, hörte noch, wie dieser ihm etwas nachrief und überlegte, wie er ihn ohne Aufsehen aus dem Verkehr ziehen konnte. Auf keinen Fall durfte er die Inselbahn erreichen. Friedrichs fiel der große Trolley ein, den der Mann bei sich hatte. Ein Gepäckstück, das er bei den Transportcontainern abgeben musste. Eine Situation, die Friedrichs nutzen wollte.

Am Bahnhof parkte er sein Bike, rief Kathrin Hansen an und informierte sie über die Lage.

»Gut, Olli, mach das so«, stimmte die Hauptkommissarin zu, »jedoch kannst du den Mann nicht zu Fuß zur Dienststelle bringen, jedes Aufsehen muss vermieden werden. Ich schicke dir ein geschlossenes Fahrzeug.

Und Olli«, einen Moment blieb es still.

»Sei vorsichtig, der Mann könnte eine Waffe haben, er könnte ausflippen, du musst ihn blitzschnell festsetzen.«

Mit rot unterlaufenen Augen stierte der Mann die Hauptkommissarin an. Im Raum roch es bereits nach altem Schweiß und Zigarettenrauch, der in seinen Kleidern steckte. Erst nach mehrmaligen Aufforderungen hatte der Mann die Kapuze zurückgeschlagen und Kathrin Hansen staunte, wie genau Ava Sari ihn gezeichnet hatte. Bei der Vorstellung, dass dieser Mensch die junge Kollegin körperlich angegangen war, lief es ihr kalt über den Rücken. Sie betrachtete seine Arme, die dick wie Baumstämme waren. Kaum eine Frau würde sich gegen ihn wehren können. Und wenn er mit dem Mord auch nichts zu tun haben sollte, würde sie ihn wegen des tätlichen Angriffs auf Ava drankriegen. Bei der

Vorstellung, dass er sich am Strand zwischen den jungen Frauen und ihren Kindern herumgetrieben hatte, bekam sie Wut. Solche Leute hatten auf der Insel nichts verloren.

Sie lehnte sich in ihrem Bürostuhl zurück und sah zu, wie der Mann mit zittriger Hand nach dem Pott Tee griff, den sie ihm widerwillig hingestellt hatte. Ava Sari hatte die Anweisung erhalten sich im Hintergrund zu halten, ihr Auftritt war für später geplant.

»Sie wissen, warum Sie hier sind?«, begann Kathrin Hansen die Vernehmung.

Mit gesenktem Kopf schielte der Mann nach oben und zeigte auf Friedrichs, der in gehörigem Abstand auf einem Stuhl saß.

»Der ist schuld, der hat mich mit seinem scheiß Rad fast umgefahren. Bleibt ja nicht aus, dass man da stinksauer wird.«

Mit erhobener Hand winkte Kathrin Hansen ab und meinte, dazu kämen sie noch.

»Zuerst möchte ich Ihren Ausweis sehen und ich will wissen, seit wann Sie auf der Insel sind. Also auch die Langeoog Card bitte.«

Unmerklich zuckte der Mann zusammen, ihm schien aufzugehen, dass er nicht wegen des Zusammenstoßes mit Friedrichs auf der Dienststelle war. Flatternd bewegten sich seine Augenlider und schließlich griff er in die

Hosentasche und zog eine zerfledderte Mappe heraus. Mit einem Stöhnen legte er die beiden Ausweise auf die Schreibtischplatte. Kathrin Hansen warf einen Blick darauf und gab Friedrichs einen Wink, der sie daraufhin an sich nahm und den Raum verließ.

»Sie sind also Volker Kimme aus Oldenburg und machen was beruflich?« Kathrin Hansen blickte ihn abwartend an.

»Was soll dieser Scheiß?«, brüllte Kimme und sprang auf.

»Setzen«, donnerte Kathrin Hansen und schlug mit der flachen Hand auf die Tischplatte. Mit aufgerissenen Augen, die fettigen strähnigen Haare im Gesicht ließ sich Kimme auf den Stuhl fallen. Er fing an zu japsen und Kathrin Hansen befürchtete schon er bekäme einen Anfall. Sie ließ ihn einen Moment verschnaufen und starrte ihn mit zusammengekniffenen Augen an.

»Also nochmal, was machen Sie beruflich?«

»Klempner.«

»Aha. Und bei welcher Firma arbeiten Sie?«

»Arbeitslos.«

»Seit wann sind Sie auf der Insel und was haben Sie hier gemacht?«

»Seit drei Tagen, ich mache hier Urlaub«, nuschelte er und blickte sie trotzig an. »Ist ja wohl nicht verboten.«

»Wo haben Sie auf der Insel gewohnt?«

»Überall.«

Schlagartig verspürte Kathrin Hansen ein flaues Gefühl im Bauch und versuchte einzuordnen, was das bedeutete.

»Wollen Sie damit sagen, dass Sie draußen am Strand oder in den Dünen übernachtet, also wild campiert haben?«

Sie bekam keine Antwort und musste an Ava Sari denken und ihr wurde plötzlich klar, dass Kimme ihr aufgelauert hatte. Er musste sie beobachtet haben. Mein Gott, dachte Kathrin Hansen, hoffentlich hat er nicht noch andere Frauen belästigt, Frauen, die aus Scham oder Angst den Mund halten.

In dem Moment kam Friedrichs in den Raum und reichte ihr zwei Ausdrucke. Sie lehnte sich zurück, überflog den Beleg der Langeoog Card und fand bestätigt, dass Kimme vor drei Tagen mit der Mittagsfähre auf Langeoog angekommen war. Für den zweiten Ausdruck nahm sie sich mehr Zeit, sah zwischendurch Kimme ausdruckslos an und musste schlucken, als sie las, dass ihr Gegenüber zu drei Jahren und acht Monaten wegen schwerer Körperverletzung in Oldenburg verurteilt wurde. Seine letzten sechs

Monate durfte er auf Bewährung in Freiheit verbringen. Aktuell hatte er jetzt noch drei Monate vor sich. Als Bewährungsauflage musste er sich dienstags und samstags auf der Polizeidienststelle in Oldenburg melden. Nun, damit würde es heute nichts werden.

»Tja«, sagte sie und blickte Kimme an.

»Da wird man Sie heute bei meinen Kollegen in Oldenburg vermissen. Das macht keinen guten Eindruck.« Sie registrierte wie er seine Hände zu Fäusten ballte und sie hob die rechte Hand.

»Ganz ruhig, verschlimmern Sie nicht noch ihre Lage.« Im gleichen Moment wurde ihr klar, dass er nicht der Mörder von Ella Katz war. Nie und nimmer hätte dieser Klotz von Mann ein Tuch verwendet, um die Frau zu erdrosseln. Er hätte seine Pranken um ihren Hals gelegt und zugedrückt. Doch laufen lassen konnte sie ihn nicht, mit dem Angriff auf Ava war seine Bewährung hinfällig.

Verdammt, dachte sie, jetzt kann ich auch noch sehen, wie ich ihn nach Wittmund überstellt bekomme.

21. KAPITEL

Irgendwie fühlte Kathrin Hansen sich neben der Spur. Nachdem Ava Sari gegen Kimme Anzeige erstattet hatte, waren die Kollegen von Oldenburg informiert worden, und die wollten sich um alles Weitere kümmern. Zwei Stunden später legte ein Boot der Küstenwache im Hafen an und übernahm diskret den Festgenommenen. Von daher hätte Kathrin Hansen jetzt erst einmal durchatmen können, doch damit war nichts. Die Morde an Ilse Plaschke und Ella Katz nahmen ihre ganze Denke ein. Wobei der Fall Katz ganz klar oberste Priorität hatte. Um endgültige Gewissheit zu erhalten, dass Kimme nicht ihr Mörder war, hatte sie ihm eine Speichelprobe entnommen. Widerspruchslos hatte der Mann, als sie ihm klar gemacht hatte, dass er unter Mordverdacht stand, mitgespielt. Immerhin hatte er sich in der Nacht, in der die Tat geschehen war, am Strand herumgetrieben und hatte kein Alibi. Nun war es bereits Nachmittag und ihr Magen fing an zu rebellieren. Seit dem Frühstück hatte sie nichts mehr gegessen und sie überlegte kurz, ob sie nach Hause fahren und sich etwas Schnelles zubereiten sollte, doch sie entschied dagegen. Sie käme aus dem Tritt und das konnte sie sich nicht erlauben. Bei ihrer Freundin Tina würde sie sich ein Fischbrötchen holen, das musste reichen. Sie schnappte sich ihr Bike und beim Einbiegen in die Barkhausenstrasse stellte sie fest, dass der Fischimbiss ausnahmsweise mal nicht belagert wurde. Das passt ja gut, fuhr es ihr durch den Kopf.

»Kathrin, was ist das denn, hat Hindrik dir in der Küche gekündigt, oder warum bist du hier?«, meinte Tina Lütjes mit einem Lächeln. Sie wusste, dass Hindrik leidenschaftlich gerne kochte.

»Ach«, Kathrin Hansen winkte ab, »der ist mit seinen Jugendlichen auf eine Exkursion in Richtung Ostende und kommt erst gegen Abend zurück. Und ich habe derzeit eine Menge zu tun.«

Tina Lütjes blickte sie prüfend an, registrierte die dunklen Ringe unter den Augen ihrer Freundin, sagte jedoch nichts. Sie wusste, wenn Dienstliches im Spiel war, würde sie nichts erfahren. Da keine Kunden hinzukamen konnten sie sich eine Weile unterhalten und Tina verkündete beiläufig, dass sie schwanger sei. Im dritten Monat.

»Was, du bist schwanger?

Tina, das ist ja großartig«, sagte Kathrin Hansen und umarmte ihre Freundin spontan.

»Da wird Hein aber mächtig stolz sein.«

»Hein, na ja, so ist das nicht«, erwiderte Tina und ihr Gesichtsausdruck verdüsterte sich. Schlagartig wurde Kathrin Hansen klar, dass der Vater des Kindes ein anderer sein musste.

»Willst du damit sagen, dass Hein nicht der Vater ist?«

Stumm nickte Tina und blickte gedankenverloren an Kathrin Hansen vorbei.

»Unsere Ehe ist Vergangenheit, Hein hat sich in eine andere verguckt. Eine Weile habe ich so getan, als ob ich es nicht wüsste, immer in der Hoffnung, es würde sich wieder geben, doch bei einem Streit ist es dann aus mir herausgeplatzt. Nun ja, das war es dann. Hein will nicht von dieser Frau weg und hat die Scheidung eingereicht.« Tina drehte sich weg und wischte Tränen vom Gesicht.

»An dem Tag, an dem er mir das gesagt hat, baggerte mich hier im Geschäft ein Mann an und aus lauter Frust habe ich mich mit ihm verabredet. Nun, wie das so ist, wir waren abends am Strand, haben eine Flasche Wein getrunken, den Rest kannst du dir denken.«

»Und?«

Besorgt blickte Kathrin Hansen ihre Freundin an.

»Bist du mit dem Mann liiert, ich meine, lebt ihr zusammen?« Tina gab keine Antwort und Kathrin Hansen wusste Bescheid. Verdammt, schoss es ihr durch den Kopf, ausgerechnet Tina, die so stolz auf ihre glückliche Ehe gewesen war. Im Laufe der Jahre hatten einige ihrer gemeinsamen Bekannten das Ehehandtuch hingeschmissen, doch nicht Tina und ihr Hein. Aber jetzt wollte Kathrin Hansen es genau wissen, sie konnte ihre Freundin nicht so einfach im Regen stehen lassen. Gerade wollte sie darauf eingehen, als eine ausgelassene Horde Jugendlicher vom Strand kam und sich an die Theke drängelte.

»Okay, Tina«, sagte Kathrin Hansen, »ich glaube, du bekommst jetzt eine Menge zu tun, aber«, behutsam berührte sie ihre Freundin am Arm, »wir müssen uns treffen und dann quatschen wir über alles.

Okay?«

Mit dankbarem Blick nickte Tina und nahm die Bestellungen der Jugendlichen auf.

Es herrschte nicht gerade eine gute Stimmung im Raum. Kathrin Hansen und ihre Kollegen waren frustriert, sie hatten keinen Ansatzpunkt, nichts, um die Ermittlungen im Fall Ella Katz vorantreiben zu können.

»Wenigstens hat sich bestätigt«, informierte Kathrin Hansen ihre Kollegen und blickte auf den Bericht der Pathologin, »dass die Knochenreste aus dem Meer von Ilse Plaschke stammen. Die entnommene DNA Probe der Kosmetikbürste bestätigen das zweifelsfrei.«

»Und ihr Mörder läuft seit zwei Jahren ungeschoren durch die Gegend herum«, gab Mike Jansen knurrend von sich. »Wer weiß, möglicherweise hängen die beiden Morde ja zusammen, ausgeführt von einem Täter. Von einem durchgeknallten Typen, der es auf ältere Frauen abgesehen hat.«

»Habe ich auch schon überlegt, doch denkt an den Aufwand, der betrieben wurde, um Ilse Plaschke sang- und klanglos vor der Küste im Meer zu versenken. Nie und nimmer war das eine spontane Tat, sie war sorgfältig geplant.«

»Genau meine Meinung«, stimmte Friedrichs zu. »Hätte es vor zwei Jahren keine Sturmflut gegeben, die den Oststrand weggespült hat, hätte es auch keine Strandaufschüttung gegeben, keine Baggerschiffe.

Kein Knochenfund.

Für den Täter war klar, dass die Leiche im Meer nie entdeckt würde.«

»Benno Plaschke«, warf Mike Jansen ein. »Er hatte alle Möglichkeiten, seine Frau auf diese Art verschwinden zu lassen. Doch nun«, mit einem Grinsen blickte sie in die Runde, »könnte es sein, dass Plaschke bei seiner Veronika bereits auf der Abschussliste steht.

Also, als Liebhaber.«

Kurz berichtete Mike Jansen, wie sie Veronika Hindich und ihren Begleiter vom Strand aus bis zur Boutique der Frau verfolgt hatte.

»Stellt euch vor, morgens kurz nach sechs Uhr geht es nicht etwa nach Hause, um zu frühstücken, nein, sie verschwinden in die Boutique.«

Verblüfft spielte Kathrin Hansen die Möglichkeiten durch, die diese Wende bedeuten könnten.

»Vielleicht war es ein Verwandter oder Bekannter, der auf Besuch war, ein Mann, der frühmorgens gerne am Meer läuft«, gab Friedrichs zu bedenken.

»Und dann verschwinden sie anschließend in dem Laden, wo keiner sie sehen kann, keiner etwas mitbekommt?

Olli«, Mike Jansen blickte ihn Kopf schüttelnd an, »das kann ich mir nicht vorstellen, da steckt mehr dahinter.«

»Sehe ich auch so«, kommentierte Kathrin Hansen, »wir müssen wissen, wer der Mann ist. Mike, kam er dir bekannt vor, könntest du ihn beschreiben?«

»Nichts von beiden, wie gesagt, ich habe Abstand gehalten, die Hindich sollte mich nicht bemerken. Nur dass es ein sehr aktiver Mann sein muss, war offensichtlich. Er wirkte dynamisch, ja fast schon durchtrainiert. Seine Körpersprache zeigte Selbstbewusstsein, zeigte einen Mann, der weiß, was in ihm steckt.«

»Tja, Veronika Hindich fragen, was es mit ihrem Begleiter auf sich hat, wäre nicht gerade klug«, gab Kathrin Hansen zu bedenken. »Ist die Sache nicht sauber, würde sie vorgewarnt. Puh, ich habe das Gefühl, dass wir ins Leere laufen.«

Mit wenig Hoffnung blickte sie zu ihrer Kriminalassistentin hin.

»Mike, konntest du etwas über die beiden Opfer herausfinden, etwas wo wir ansetzen können?«

»Tut mir leid, nein. Ich war gerade am Anfang meiner Recherchen, da kam dieser Kimme dazwischen. Aber wartet mal, ich stoße hier gerade auf eine Sache.« Konzentriert überflog Mike Jansen den Monitor und scrollte weiter nach oben.

»Hui, das ist ja ein Ding«, gab sie euphorisch von sich und ihre Finger flogen über die Tastatur.

»Einen Moment«, erklärte sie und bemerkte mit einem schnellen Blick, dass ihre Kollegen sie gebannt anstarrten.

»Ich muss nur mal kurz in der Kölner Sitte herumstochern.«

»Du willst jetzt nicht damit sagen, dass du dich ins Sittendezernat unserer Kollegen in Köln gehackt hast, in den Rechner des Polizeipräsidiums?«, äußerte sich Kathrin Hansen entsetzt.

»Kathrin, du weißt doch, unser Meeresgott verzeiht alles«, gab Mike Jansen grinsend zurück. Dass sie während ihrer Studienzeit aus reinem Vergnügen des Öfteren ihre Grenzen als Hacker ausgelotet hatte, wollte sie lieber nicht erwähnen.

»Aber gebt mir noch etwas Zeit, dann kann ich euch mehr sagen.«

22. KAPITEL

Beim Belegen des zweiten Brötchens war Elseke Heidkamp der Ansicht, dass ihr Mann genug in der Zeitung gestöbert hätte. Es gab schließlich einiges zu besprechen, zu planen.

»Du, Berend«, sagte sie, »wie sieht das jetzt mit dem Umzugstermin aus und wo soll die Transportfirma die Möbelcontainer aufstellen?« Bei der Vorstellung dachte sie schweren Herzens daran, dass sie nicht alle Möbel mitnehmen würden. Wenn auch ihr Haus auf Langeoog einen Wohnraum von über zweihundert Quadratmeter hatte, knapste die Einliegerwohnung doch einiges an Fläche ab. Leicht hob ihr Mann die Hand und meinte, er müsste den Artikel noch eben zu Ende lesen.

»Es geht hier um die Frau, deren Knochenreste aus dem Meer gefischt wurden«, erklärte er. »Stell dir vor, obwohl ich Nachrichtensperre angeordnet habe, stand gestern im *Insel Report,* dass es sich um einen

Mordfall handelt. Da hat doch einer aus meiner Dienststelle der Redaktion etwas gesteckt, das ist nicht zu fassen, aber dem werde ich nachgehen. Jedenfalls wird heute der Artikel widerrufen, beziehungsweise als eine Vermutung hingestellt.«

Ein Grinsen legte sich auf das Gesicht des Kriminalrats.

»Wetten, dass meine Hauptkommissarin dahintersteckt? Die wird dem Redakteur Feuer unter dem Hintern gemacht haben. Geht es um die Ruhe der Feriengäste, kann sie fuchsteufelswild werden.« Er legte die Zeitung weg und blickte seine Frau an.

»Aber kommen wir zum Umzug. Spätestens am Dienstag sind die Maler aus dem Haus. Für Mittwoch können wir die Reinigungsfirma bestellen und ab Donnerstag einziehen.« Heidkamp warf seiner Frau einen langen Blick zu und stellte sich den Umzug vor. Ihm ging erst jetzt so richtig auf, was für eine Menge an Inventar zu transportieren war.

»Die Möbelcontainer kannst du in der Einfahrt hinstellen lassen, da stören sie niemanden. Unsere Autos parken wir auf der Straße.«

Zustimmend nickte Elseke.

»Das habe ich mir auch so vorgestellt.

Übrigens kommen die beiden ersten Container bereits morgen früh und werden nach dem Beladen von der Spedition direkt auf die Insel verschifft. So geht das dann weiter, bis unser Haus leergeräumt ist.« Mit einem zufriedenen Gesichtsausdruck blickte sie ihren Mann an.

»Ich muss sagen, die neue Speditionsfirma ist ganz schön auf Zack. Die Leute, mit denen ich zu tun habe, machen einen kompetenten Eindruck und kümmern sich um alles. Für das Abbauen der Möbel haben sie Schreiner und das Einpacken unserer Sachen, soweit wir das möchten, wird ebenfalls von ihnen erledigt. Kein Wunder, dass die alte Langeooger Speditionsfirma aufgekauft wurde, die Leute waren einfach nicht flexibel genug. Heute wollen immer weniger Menschen selbst mit anpacken.«

Schlagartig wurde Heidkamp hellhörig.

»Aufgekaufte Firma auf Langeoog, wie meinst du das?«, hakte er nach. Dabei dachte er daran, was Maartens ihm über eine Auseinandersetzung zwischen Plaschke und einem Insulaner am Hafen erzählt hatte.

»Na ja, ich habe das nicht mitbekommen, meine Bekannte auf der Insel hat das erzählt. Sie meinte, ein neuer Großunternehmer von auswärts versuche auf der Insel Fuß zu fassen.

Und wenn ich mich nicht irre, ist das die Firma, die unseren Umzug übernommen hat.«

Ein lustiges Funkeln zeigte sich in ihren Augen.

»Wie ist das eigentlich mit dir, hast du dir ein paar Tage dienstfrei nehmen können?«

Heidkamp hing mit seinen Gedanken noch fest bei dem, was sie am Schluss gesagt hatte. Bei der genannten Firma konnte es sich nur um die von Plaschke handeln.

»Berend?«

Elseke blickte ihn fragend an.

»Entschuldige, ich war noch in Gedanken, aber eine Frage, heißt das Unternehmen, das unseren Umzug durchführt *TransLog*?«

»Genau, kennst du die Firma?«

Versonnen nickte Heidkamp.

»Und ob. Es waren die Knochen der Ehefrau des Besitzers dieser Firma, die aus dem Meer gefischt wurden. Plaschke heißt der Mann.«

»Mein Gott.«

Entsetzt blickte ihn Elseke an.

»Das ist ja furchtbar.«

»Ja, aber bitte kein Wort zu niemanden. Für unseren Umzug ändert sich da nichts. Hauptsache, du bist zufrieden mit den Leuten. Aber zu deiner Frage wegen dienstfrei und so.

Ab Donnerstag bin ich auf der Insel und kann dir helfen. Durch die beiden Mordfälle muss ich natürlich auf Abruf zur Verfügung stehen, die Hauptkommissarin kann ich nicht hängen lassen. Übrigens soll ich von ihr ausrichten, dass sie dir beim Einzug gerne helfen würde.«

Verwundert schüttelte Elseke den Kopf.

»Das ist ja sehr lieb von ihr, aber mit den Mordfällen hat sie genug am Hals. Da kann ich sie doch unmöglich in Anspruch nehmen.«

»Doch, mach das«, erwiderte ihr Mann bestimmt. »Freiraum gibt es immer und es wird ihr guttun, mal etwas anderes zu sehen und zu hören.« Er wollte fragen, ob er noch etwas für den Umzug regeln müsste, als sein Handy eine Mail meldete. Eine Nachricht der Hauptkommissarin.

„Bitte Anhang lesen und sobald Sie können melden Sie sich bitte", stand kurz und knapp in der Betreffzeile.

»Entschuldige, die Hauptkommissarin«, sagte Heidkamp zu seiner Frau und öffnete den Anhang. Mit gerunzelter Stirn las er das Protokoll einer Vernehmung im Kölner Präsidium, ahnte, dass er hier eine Akteneinsicht vor sich hatte, die garantiert nicht auf dem Dienstweg auf dem Schreibtisch der Hauptkommissarin gelandet war. Seine

Falten auf der Stirn vertieften sich, als ihm klar wurde, dass der Mordfall Ilse Plaschke sie zu einer Zusammenarbeit mit den Kollegen aus dem Rheinland zwingen könnte. Und das würde der Hauptkommissarin gewaltig gegen den Strich gehen, da war er sich sicher. Ihr Exmann, dieser Scheißkerl, tummelte sich immer noch in der Kölner Dienststelle herum und würde ihr garantiert über den Weg laufen. Soweit Heidkamp kürzlich über einen dortigen Kollegen mitbekommen hatte, vergnügte sich der Ex mit einer Kollegin, die vom Alter her seine Tochter sein könnte.

»Verdammt«, murmelte Heidkamp und bemerkte den fragenden Blick, den Elseke ihm zuwarf.

»Es geht um den Mordfall, über den wir gerade sprachen, es könnte sein, dass es nicht bei einer regionalen Angelegenheit bleibt. Frühere Vorfälle im Rheinland könnten damit in Verbindung stehen.«

»Köln?«

Fragend sah Elseke ihn an, sie wusste um die Widerwärtigkeiten, die Kathrin Hansen dort erlebt hatte, kannte die Schweinereien, die während der Scheidungsphase ihr Mann über sie verbreitet hatte.

Stumm nickte Heidkamp und war schon mit

seinen Gedanken bei den Maßnahmen, die getroffen werden mussten.

Sie brauchten Ergebnisse, und das schnell. Seitens des Polizeipräsidenten lag die Anfrage vor, ob er zur Aufklärung der Mordfälle Ermittler auf die Insel schicken sollte. Ein Vorgang, der Heidkamp unbedingt vermeiden wollte. Er wusste, wie allergisch seine Hauptkommissarin reagieren würde.

23. KAPITEL

Es sah nach einer richtig gemütlichen Runde aus, die sich bei Kathrin Hansen auf der Terrasse versammelt hatte, wenn da nicht die beiden Morde den Anwesenden im Kopf herumgespukt hätten. Nach Bekanntwerden der neusten Fakten, die Mike Jansen ausgebuddelt hatte, so hatte sie es elegant ihren Kollegen verkauft, war Handlungsbedarf. Kriminalrat Heidkamp hatte sich auf die Mail der Hauptkommissarin hin gemeldet und sich mit ihr über die weitere Vorgehensweise abgestimmt. Ursprünglich wollte er sich mit ihr in der Dienststelle treffen, doch Kathrin Hansen hatte ihn überreden können in Wittmund zu bleiben. Immerhin hätten er und Elseke mit den Umzugsvorbereitungen ja nun wirklich genug zu tun, und bei Dringlichkeit gäbe es eine Telefonkonferenz, so ihre Argumentation.

Sie blickte zu Hindrik hin, der es sich nicht

hatte nehmen lassen, für die ganze Truppe etwas Kleines zu kochen, so hatte er gemeint. Beim Anblick der riesigen Pfanne und einer großen Platte auf dem Tisch musste Kathrin Hansen grinsen. So war Hindrik, immer um sie und ihre Truppe besorgt. Sie forderte ihre Kollegen auf, ordentlich zuzulangen, und ausnahmsweise darf auch mal mit vollem Mund geredet werden, setzte sie mit einem Lächeln hinzu.

»Danke, und okay, dann fange ich mit einer Zusammenfassung über die Personen Veronika Hindich und Ella Katz an«, äußerte sich Mike Jansen.

»Aufgrund vorliegender Informationen habe ich eine Firma namens *Food Service* unter die Lupe genommen und siehe da«, Mike Jansen linste in die Runde, »gehörte die Firma Veronika Hindich und wurde vor zwei Jahren von ihr verkauft. Wie der Name schon sagt, belieferte die Firma diverse Kunden mit Speisen und Getränken, betrieb nebenbei aber noch ein Nebengeschäft mit illegaler Prostitution. Heute läuft die Firma unter dem gleichen Namen weiter, bietet aber nur noch das an, was der Name verspricht.«

»Und es ist sicher, dass Hindich aus dem Geschäft raus ist?«, meinte Friedrichs.

154

»Hundert pro, ich habe die Geschäftskonten und das Privatkonto des neuen Inhabers überprüft, da ist alles transparent und ordentlich.« Geflissentlich ignorierte Mike Jansen die hochgezogene Augenbraue ihrer Chefin. »Es gibt keine Hinweise, dass Veronika Hindich weiterhin an der Firma beteiligt ist.«

»Wäre auch sehr verwunderlich, jetzt, wo sie mit Plaschke liiert ist und dazu eine Nobel Boutique hat«, stellte Kathrin Hansen fest. »Ihr neues exklusives Leben wird sie nicht leichtsinnig aufs Spiel setzen.«

»Es lief so«, erklärte Mike Jansen weiter, »die Firma *Food Service* belieferte ausschließlich Garni Hotels. Heißt, seitens der Hotels gab es morgens ein Frühstück und das war es. Wollte ein Gast tagsüber oder abends etwas essen, wurde nach Karte bei *Food Service* bestellt. Nur, dass die Lieferdamen noch einen besonderen Service anboten. Bei Bedarf sprangen sie mit einem Gast mal schnell in die Kiste und der Nebenzweig der Firma florierte.«

»Und die Hotelmanager wussten davon?« Zweifelnd blickte Friedrichs seine Lebensgefährtin an.

»Mit Sicherheit, aber die hielten dicht. Ebenfalls die Damen, keine von denen kippte bei den Vernehmungen um, es war eine eingeschworene Gemeinschaft. Wäre da nicht ein Gast gewesen, der Anzeige erstattete, weil er meinte, eine Frau von *Food Service* hätte ihn beklaut, wäre die ganze Geschichte nie ein Thema geworden.«

»Hat er die Dienste der Frau in Anspruch genommen?«, hakte Kathrin Hansen nach.

»Ja, und er hat ausgesagt, dass sie es gegen Geld getan hat, die Frau dagegen streitet das ab. Es war ein spontanes gegenseitiges Bedürfnis, so ihre Aussage. Nun, nichts konnte bewiesen werden, die beglückten Freier waren über alle Berge und letztendlich blieb auch Veronika Hindich unbescholten. Natürlich stellte sie den lukrativen Nebenerwerb sofort ein.«

»Wie sah überhaupt die Geschäftslage von *Food Service* aus, also der offiziell gebuchte Umsatz, der Gewinn der Firma?«, wollte Kathrin Hansen wissen.

»Haben wir gleich.«

Mike Jansen öffnete eine weitere Datei.

»Hier haben wir das Betriebsergebnis der letzten drei Jahre, in denen Hindich den Laden führte.« Einen Moment versank Mike Jansen in die Zahlen der Bilanzen, klappte dann das MacBook zu und blickte mit gerunzelter Stirn in die Runde.

»Pleite, die Firma war pleite. Zu hohe private Entnahmen, miese Geschäftsführung, erdrückende Zinsbelastung.

Aber jetzt kommt es.«

Sie klappte das MacBook wieder auf und tippte mit dem Finger auf den Monitor.

»Nur durch eine Dispotilgung bei der Hausbank in Höhe von zweihunderttausend Euro konnte eine Insolvenz abgewendet werden. Und jetzt können wir ja mal raten, von wem Veronika Hindich das viele Geld bekommen hat.«

»Aber der Tee, den sie mir serviert hat, der war echt klasse«, kommentierte Friedrichs trocken.

»Also, das ist erst einmal der grobe Check über Veronika Hindich, die Feinheiten«, Mike Jansen linste zu ihrer Chefin hin, »muss ich noch recherchieren. Aber ich kann auch etwas zu dem zweiten Mordopfer, zu Ella Katz sagen. Die Frau war fast zwanzig Jahre bei einer Kölner Model Agentur beschäftigt und wurde engagiert für Fotoaufnahmen im Modebereich. Aber wie das so ist, mit zunehmenden Alter war sie immer weniger gefragt, bis sie schließlich von dem wenigen, das sie verdiente, nicht mehr leben konnte. Doch sie kannte Veronika Hindich und diese bot ihr einen Job in ihrem Geschäft an. Anfangs arbeitete Ella Katz in der Küche der Firma, bekam dann aber wohl mit, was die Lieferdamen so nebenbei trieben und zusätzlich verdienten.«

Auf dem Gesicht von Mike Jansen zeichnete sich ein Grinsen ab.

»Ella Katz entschied sich dann ebenfalls für den Außendienst. Hier«, sie drehte den Monitor zu ihren Kollegen hin, »sieht man, dass die Frau mit etwa sechzig Jahren immer noch top aussah.«

»Doch ab dem Moment, wo Hindich die Firma verkauft hat, stand Ella Katz auf der Straße«, meinte Friedrichs.

»Nein, Olli, so war das nicht. Für den Lieferservice wurde sie zwar nicht übernommen und ihr Nebengeschäft war natürlich futsch, aber sie bekam wieder den Job in der Küche.«

»Damit dürfte sie kaum zufrieden gewesen sein«, meinte Kathrin Hansen, »und hier stellt sich dann auch schon die Frage, was hat Ella Katz auf Langeoog gemacht? Eine solche Frau auf unserer Familieninsel, das passt nicht.«

»Vielleicht wollte sie Veronika Hindich besuchen«, überlegte Mike Jansen laut. Zweifelnd schüttelte Kathrin Hansen den

Kopf. »Ich kann mir nicht vorstellen, dass Hindich sich mit Bekannten aus ihrer weniger rühmlichen Zeit noch treffen möchte, dass alte Klamotten wieder aufgewärmt werden. Nein, sie wird alles dafür tun, dass ihre Vergangenheit unter der Decke bleibt, dass sie weiterhin als seriöse, unbefleckte Frau in Erscheinung treten kann.«

Auf der Stirn von Kathrin Hansen bildete sich eine steile Falte und entschlossen blickte sie ihre Kriminalassistentin an.

»Mike, es hilft alles nichts, wir müssen der Rheinischen Domstadt einen Besuch abstatten, müssen uns in der Firma *Food Service* umhören. Sicherlich gibt es dort Leute, die bei Veronika Hindich beschäftigt waren und uns etwas über sie sagen können.«

»Okay, ich wollte das auch vorschlagen und ich denke, dass wir auch über Ella Katz etwas erfahren werden. Hier interessiert mich besonders das Verhältnis der beiden Frauen zueinander. Ich werde das Gefühl nicht los, dass der Mord an Ella Katz mit ihrer ehemaligen Chefin zu tun hat.«

Zustimmend nickte Kathrin Hansen, genau in diese Richtung liefen auch ihre Vermutungen.

»Nun, dann machen wir hier jetzt Schluss.

Mike, du kannst mit Olli heute weiter Möbel rücken und morgen nehmen wir die erste Fähre. Ich werde Heidkamp informieren und ihn bitten, uns in Bensersiel ein Fahrzeug bereitstellen zu lassen.«

24. KAPITEL

So früh am Morgen war kaum was los am Bahnhof. Einige wenige, teils verschlafen aussehende Feriengäste, die abreisten, ansonsten waren es nur Inselbewohner, die auf dem Festland ihre Arbeitsstelle hatten und auf die Inselbahn zusteuerten. Der Waggon, der für Mütter mit Kinderwagen reserviert war, blieb leer. Von daher stiegen Kathrin Hansen und ihre Kollegin dort ein, um sich ungestört unterhalten zu können. Mike Jansen nahm ihr iPhone, tippte auf Google Maps und gab den Standort der Firma *Food Service* ein.

»Oh, das ist gut«, äußerte sie sich, »wir bleiben in Köln rechtsrheinisch, das heißt, mit dem üblichen Stau auf der Rheinbrücke und durch die Innenstadt haben wir nichts zu tun. Ganz in der Nähe der Lanxess Arena, in der Lorenzstraße, befindet sich die Firma.«

Mit einem lustigen Blinzeln blickte sie zu ihrer Chefin hin.

»Gestern Abend habe ich noch etwas genauer den Inhaber der Firma gecheckt, ein Thomas Volk. Bis vor drei Jahren war er bei der KölnMesse im Servicebereich angestellt und hat dann den Laden von Veronika Hindich übernommen. Aktiv in dem Verein *Hilfe für Obdachlose* tätig, scheint er ein sozial eingestellter Mensch zu sein.«

»Na, auf den Mann bin ich ja mal gespannt«, meinte Kathrin Hansen. »Würde mich interessieren, wie er und die Hindich in Kontakt gekommen sind.«

»Du meinst, ob er einer ihrer Kunden war, ob er den speziellen Service der Damen in Anspruch genommen hat?«

»Könnte ja sein.

Ist der Mann verheiratet, hat er Familie?«

»Nicht verheiratet, keine Kinder, aber seit drei Jahren mit einer Elke Heiden liiert, die bei einer Kölner Bank arbeitet. Im oberen Teil des Firmengebäudes von *Food Service* gibt es eine Wohnung, die Thomas Volk als Penthouse ausgebaut hat, dort wohnen die beiden.

Seine Eltern, die jahrzehntelang einen Kiosk in der Kölner Innenstadt führten, sind kurz hintereinander gestorben und haben ihm ein kleines Vermögen hinterlassen. Das Kapital hat er in die Firma gesteckt und so, wie seine letzte

Bilanz aussieht, führt er den Betrieb mit Gewinn.«

Geflissentlich verdrängte Kathrin Hansen die Vorstellung, wie ihre Kriminalassistentin an die Daten gekommen war und überlegte, ob sie vielleicht doch noch in die Innenstadt zum Polizeipräsidium müsste, um Akteneinsicht zu nehmen. Ein Gedanke, bei dem sie schlagartig Magenprobleme bekam. Die Vorstellung, ihren Exmann dort zu treffen, vermieste ihr augenblicklich die Stimmung.

»Mike, meinst du, die Kölner Kollegen könnten uns etwas über Veronika Hindich erzählen? Etwas, dass nicht in den Akten steht?«

Da Mike Jansen wusste, dass ihre Chefin sich nur mit Widerwillen im Kölner Polizeipräsidium blicken ließ, winkte ab.

»Warten wir es ab. Ergeben sich keine neuen Aspekte oder Namen, denen wir nachgehen müssen, können wir uns das sparen.«

Verschmitzt blickte sie Kathrin Hansen an.

»Vielleicht gibt es stattdessen ein leckeres Hämmchen und ein Kölsch, so wie beim letzten Mal, als du mich mit nach Köln genommen hast.«

Kathrin Hansen musste lachen und dachte an das entgeisterte Gesicht ihrer Kollegin, als der kölsche Köbes sie mit seiner deftigen Art quasi überrumpelt hatte.

»Mike, ich glaube, damit wird nichts.

Leider.

Ich möchte schnell wieder zurück auf die Insel, ich habe so ein verdammt mieses Gefühl, dass noch etwas passieren könnte. Außerdem habe ich den Verdacht, dass uns der Staatsanwalt bald auf die Füße treten wird. Er will Ergebnisse sehen. Irgendwie haben die Medien Wind bekommen und wollen mehr wissen.«

Wenige Minuten später erreichte die Inselbahn den Hafen und am Anleger erwartete sie die Langeoog III. Kaum zu glauben, diese Ruhe, fuhr es Kathrin Hansen durch den Kopf. Eine Fähre später und es würde einen riesen Andrang geben. Entspannt ging sie mit Mike Jansen auf das Mitteldeck und setzten sich weit nach vorne, um die frische herrliche Brise genießen zu können.

Doch eines fehlte noch zu ihrem Glück.

»Mike, Kaffee oder Tee?«

»Oh, Kaffee, aber heute bin ich dran.«

Schon war Mike Jansen im Inneren des Schiffes verschwunden und kam wenige Minuten später mit zwei großen höllisch heißen Kaffeebechern zurück. Wie auch ihre

Chefin trank sie den Kaffee schwarz. Mit ihrem Lebensgefährten hatte sie bis Mitternacht Möbel gerückt, eingeräumt und gierte nach einem Schub Koffein.

Während der Fahrt diskutierten sie die Vorgehensweise, wobei sie bei der Frage hängenblieben, ob sie sich auch noch die Firma von Benno Plaschke ansehen sollten.

Auch hier gab Mike Jansen den Standort der Firma in Google Maps ein und wiegte den Kopf.

»Also, wenn wir zu *TransLog* wollen, müssen wir durch die Innenstadt und dann nochmals ein Stück Autobahn fahren. Der Standort der Firma nennt sich Industriepark Butzweilerhof und befindet sich außerhalb der Stadt im Kölner Norden. Kathrin, ich glaube, dann können wir selbst die letzte Fähre vergessen.«

Sie blickte Kathrin Hansen mit gerunzelter Stirn an.

»Aber mal ehrlich, was könnten wir dort erreichen? Selbst wenn Plaschke dort sein sollte, ist er umringt von seinem Imperium, wird sich uns gegenüber kaum öffnen. Jedenfalls nicht mehr, als er es dir auf Langeoog gegenüber getan hat. Und ist er nicht in der Firma, werden seine Leute mauern. Keiner wird es wagen, etwas über den Chef oder über die Ehe mit seiner Frau zu sagen.«

Minutenlang überdachte Kathrin Hansen die Fakten, dachte an die kriminelle Vergangenheit von Plaschke, an seine Frauengeschichten und wurde sich bewusst, dass sie nichts erfahren würden. Schließlich stimmte sie ihrer Kollegin zu.

»Du hast recht, wir müssen ihn anders kriegen, und da sind die Möglichkeiten auf der Insel größer. Schicke Olli eine Mail, dass er die Verbindungen von Plaschke zu den Langeooger Firmen checken soll. Ich denke hier an die Beobachtung von Maartens, der gesehen hat, wie Plaschke sich im Hafen mit einem Insulaner stritt. Olli soll mit den Leuten reden, er muss herausfinden, was es mit den Übernahmeabsichten von Plaschke auf sich hat. Welche Mittel er einsetzt, um seine Ziele zu erreichen. Irgendetwas muss es geben, durch das wir Plaschke am Haken kriegen.«

25. KAPITEL

Überraschenderweise verlief die Autobahnfahrt bis kurz vor Köln ohne Stau. Erst vor dem Ostkreuz auf der A4 gerieten sie in einen stockenden Verkehr, der sie nicht weiter aufregte. Mike Jansen blickte auf ihre Watch und hob den rechten Daumen.

»Super, Kathrin, drei Stunden und vierzig Minuten, da sind wir gut durchgekommen. Hoffentlich haben wir auf der Rückfahrt genau so viel Glück.«

Vor der Rheinbrücke fuhren sie von der Autobahn herunter, an der riesigen Lanxess Arena vorbei, und erreichten kurz darauf die Lorenzstraße. Von weitem schon sahen sie auf dem Dach eines alten Industriegebäudes das rote Logo von *Food Service*.

»Donnerwetter«, meinte Mike Jansen, »ich hatte mir einen kleinen Laden vorgestellt, das hier sieht mir nach einem großen Betrieb aus.« So verstärkten dann auch mehrere Sprinter vor

Ladebühnen den Eindruck. Weiß lackiert, mit rotem Logo, sahen die Lieferfahrzeuge tip top aus.

Mit einem schnellen Blick registrierte Kathrin Hansen den SUV vor dem Haupteingang, für den ein Stellplatz reserviert war.

»Kaum zu glauben«, meinte sie, »dass bei einem solchen Unternehmen Veronika Hindich es nötig hatte, krumme Geschäfte zu machen. Dass sie da noch diesen Nebenzweig mit den Frauen aufzog. Das ist doch irre.«

»Tja, Kathrin, die Frau hat zu viel Geld für ihren persönlichen Bedarf aus der Firma gezogen, dann noch eine schlechte Geschäftsführung gemacht, da kam sie schnell in die roten Zahlen.«

»Trotzdem, von der Frau hätte ich mehr erwartet.«

Durch eine doppelflügelige Eingangstür kamen sie in das Foyer und steuerten die Empfangstheke an. Eine rothaarige Frau, Kathrin Hansen schätzte sie auf Mitte fünfzig, blickte ihnen entgegen. Elisabeth Schneider, so stand auf dem Namensschild auf der Theke, trug einen hochgeschlossenen weißen Kittel mit rotem Firmen Logo und machte einen ordentlichen Eindruck.

»Sie sind bestimmt die Damen von Langeoog«, sagte die Frau und lächelte sie an.

»Wen darf ich melden?«

Kathrin Hansen zeigte ihren Dienstausweis und stellte Mike Jansen vor.

»Sehr nett, Sie kennenzulernen, darf ich Sie bitten, dort drüben einen Moment Platz zu nehmen?« Die Empfangsdame zeigte auf eine Sitzgruppe und meinte, Herr Volk würde gleich zu ihrer Verfügung stehen. Kaum hatten sie sich gesetzt, als das Telefon am Empfang sich meldete und Elisabeth Schneider sie bat ihr zu folgen.

»Thomas Volk«, stellte sich der Inhaber der Firma mit einem kräftigen Händedruck vor.

»Sie haben eine lange Fahrt hinter sich, darf ich Ihnen einen Kaffee, Tee oder lieber etwas Kaltes anbieten?«

Dankbar entschieden sie sich für einen Kaffee und waren verblüfft, dass der Chef des Unternehmens ein noch recht junger Mann war. Groß und schlank, mit glatt nach hinten gekämmten schwarzem Haar, einer Adlernase und einem eckigen Kinn wirkte er kantig, schnörkellos. Er führte sie in einen Besprechungsraum und bat sie sich zu setzen. Tisch und Stühle ordnete Kathrin Hansen einem schwedischen Möbelhaus zu, auf der

Stirnwand hing ein großformatiges farbstarkes Foto hinter Acrylglas, das war es. Kein Firlefanz, keine Demonstration über den Erfolg des Unternehmens, nichts.

»Sie kommen von Langeoog«, begann Volk das Gespräch und blickte Kathrin Hansen an.

»Ihre Sekretärin wollte mir am Telefon nicht sagen, um was es sich handelt, aber da Sie den langen Weg auf sich genommen haben, kann es nur um etwas sehr Wichtiges gehen.

Also, wobei kann ich Ihnen helfen?«

Kein Smalltalk, keine schleimige Anmache, der Mann kam direkt zur Sache.

Kathrin Hansen blickte ihn an und nickte.

»Stimmt, wir ermitteln wegen Vorfälle auf der Insel und gehen allen Hinweisen nach, die in irgendeiner Form damit zu tun haben könnten. Wir checken Fakten, um sie abhaken zu können.«

»Sie reden von Veronika Hindich«, kam Volk direkt auf den Punkt. »Was sollten Sie sonst hier ermitteln, was mit Langeoog in Verbindung steht.«

»Ach, Sie wissen, dass die frühere Inhaberin dieser Firma auf Langeoog lebt?«, fragte Mike Jansen erstaunt.

Ein leichtes Lächeln zeichnete sich auf seinem Gesicht ab. »Klar, wenn ich mir ein paar Tage Urlaub gönne, bin ich auf der Insel. Und beim letzten Aufenthalt habe ich Veronika Hindich durch Zufall vor ihrer Boutique getroffen. Sie hatte Ladenschluss und wollte gerade nach Hause. Erst hatte ich den Eindruck, dass ihr das Treffen unangenehm sei, doch schließlich konnte ich sie zu einem Glas Wein in der Vinothek überreden. Es wurde eine nette Unterhaltung, in der sie erzählte, wie ihr Leben nach dem Abschied aus der Firma und ihrem Wegzug von Köln verlaufen ist.

Aber«, Volk blickte die beiden Frauen ernst an, »was hat Veronika Hindich damit zu tun, dass Sie hier sind?«

Bevor Kathrin Hansen antworten konnte, kam eine junge adrett gekleidete Frau in den Raum, stellte eine Thermoskanne und eine Schale mit Gebäck auf den Tisch und erkundigte sich bei ihrem Chef, ob sie sonst noch etwas tun könnte. Verdammt hübsch, dachte Kathrin Hansen, und ihr Parfüm ist auch nicht ohne. Sofort schoss ihr durch den Kopf, ob Volk nicht auch einen Nebenerwerb am Laufen hätte.

Offensichtlich hatte er ihre Gedanken erraten und lächelte sie an.

»Wenn Sie die üble Geschichte ansprechen

wollen, die damals Veronika Hindich vorgeworfen wurde, müssen Sie daraus kein Hehl machen. Vor dem Kauf der Firma habe ich mich nicht nur über das Geschäftspotential, sondern auch über die Inhaberin informiert. Natürlich war der Verdacht gegen Veronika Hindich in Insiderkreisen in aller Munde, was sich dann ja glücklicherweise als unbegründet herausstellte.«

Volk sah seiner Mitarbeiterin hinterher, die den Raum verließ.

»Isabella Kurz, die uns gerade bedient hat, war damals Serviceleiterin im Außendienst. Sie hat die ganze Geschichte stark mitgenommen, wie die anderen Frauen auch. Aber selbst wenn an den Vorwürfen etwas dran gewesen wäre, hätte ich die bis dahin angestellten Frauen übernommen.«

Volk trank einen Schluck Kaffee und zeigte auf das Foto an der Wand.

»Sie sehen dort den Kiosk, den meine Eltern fast vier Jahrzehnte geführt haben. Er war ein Anlaufpunkt in dem verrufenen Viertel am Ebertplatz. Kunden waren Leute aus der Nachbarschaft, sowie Prostituierte, Schwule, Gescheiterte, und für jeden hatten meine Eltern ein offenes Ohr. Soweit sie konnten halfen sie durch ihre Beziehungen, heute würde man Netzwerk sagen, manchen Menschen zurück in ein bürgerliches Leben.«

Mit verträumtem Blick sah Volk die beiden Frauen an.

»In diesem Milieu bin ich aufgewachsen, stand mit jedem auf du und du und lernte früh die Facetten des Lebens kennen. Eines hat sich dabei manifestiert: Jeder Mensch verdient eine zweite Chance. Von daher«, Volk blickte wieder zur Tür, durch die seine Mitarbeiterin verschwunden war, »habe ich sie auch den Frauen gegeben.«

Mike Jansen warf ihrer Chefin einen langen Blick zu und Kathrin Hansen war klar, dass ihre Kriminalassistentin nicht so ohne weiteres schluckte, was Volk von sich gab. Schnell warf sie einen Blick auf ihre Uhr und entschied auf den Punkt zu kommen.

»Ihre Einstellung finde ich bewundernswert, aber Ihnen wird klar sein, dass wir hier sind, weil uns etwas anderes bewegt«, erklärte sie. »Leider ist es etwas Trauriges, dass wir Ihnen mitteilen müssen.« Sie bemerkte wie Volk sich kerzengerade hinsetzte und sie konzentriert ansah.

»Ist Veronika Hindich etwas passiert, ist sie tot?«, fragte er leise.

»Nein, nicht Veronika Hindich, aber ist es

richtig, dass bei Ihnen eine Ella Katz beschäftigt ist?«

»Was?«

Ungläubig starrte Volk sie an.

»Sie wollen sagen, dass Ella Katz auf Langeoog etwas passiert ist?«

»Ist sie bei Ihnen beschäftigt?«

»Ja, sie ist eine der Frauen, die ich mit übernommen habe. Allerdings nicht für den Außendienst, sondern als Küchenhilfe.«

»Warum nicht für den Außendienst?«, hakte Mike Jansen sofort ein.

»Sie ist zu alt, also bitte nicht falsch verstehen, aber bei mir läuft die Auslieferung der Ware anders als Veronika Hindich es gehandhabt hat.«

Mike Jansen wollte es genau wissen.

»Das heißt was?«

»Nun, es gibt einen zeitlich kalkulierten Auslieferungsplan. Für jede Kundenfahrt, wir bedienen außer Garni Hotels auch Betriebe, die keine Kantine haben, gibt es ein Zeitfenster, das auch schon mal, je nach Verkehrssituation, für die Auslieferer Stress bedeuten kann. Aus diesem Grunde werden Mitarbeiter, die älter als fünfzig Jahre sind, davor verschont. Sie arbeiten ausschließlich im Innendienst.«

Volk war nicht nur schnörkellos, sondern

arbeitet auch äußerst effektiv, fuhr es Kathrin Hansen durch den Kopf. Dazu zeigt er eine soziale Ader, was für einen Unternehmer auf einem hart umkämpften Markt nicht selbstverständlich war.

»Was ist mit Ella Katz passiert, lebt sie noch?« Volk starrte Kathrin Hansen an und sie schüttelte den Kopf.

»Es tut mir leid, Ihnen mitteilen müssen, dass Ihre Mitarbeiterin Opfer eines Gewaltverbrechens geworden ist.«

»Auf Langeoog?«

»Ja.«

Es war deutlich zu sehen, wie die Nachricht dem Mann zusetzte.

»Und was genau ist passiert?«

»Tut mir leid, aber wir stehen am Anfang unserer Ermittlungen und können noch nichts sagen.«

Einen Moment blieb es in der Runde ruhig, dann ging durch Volk ein Ruck und konzentriert blickte er Kathrin Hansen an.

»Gut, ich verstehe.

Was wollen Sie wissen?«

»Hatte Ella Katz Familie, die wir informieren müssen, kennen Sie Leute, die ihr nahe standen?«

Volk überlegte nicht lange und schüttelte

den Kopf. »Nein, von einer Familie weiß ich nichts, hatte jedoch den Eindruck, dass sie schon bessere Zeiten erlebt hatte. Sie legte Wert auf ein gepflegtes Aussehen, gab sich gerne jünger als sie war und hat mich einmal gebeten wieder im Außendienst arbeiten zu können. Was ich ablehnen musste.

Aber«, Volk hob beschwichtigend die Hände. »Ella Katz war zuverlässig und es gab keine Beschwerden über sie.«

»Wissen Sie, wie das Verhältnis zwischen ihr und Veronika Hindich war?«, warf Mike Jansen ein.

»Nein, tut mir leid. Vor dem Kauf der Firma kannte ich Veronika Hindich nicht. Erst durch einen Bekannten bei der Köln Messe, wo ich gearbeitet habe, wurde ich auf sie aufmerksam. Es ging um dieses Gerücht, dass ihre Lieferdamen auch anderweitig die Kunden beglückten und die Firma verkauft werden sollte. Da ich schon immer den Wunsch hatte selbständig zu sein, interessierte ich mich für die Firma. Über einen Rechtsanwalt habe die näheren Umstände ermitteln lassen, mich für den Kauf entschieden und erst bei den Vorverhandlungen Veronika Hindich kennen gelernt. Einmal war ich in der Firma, um mir alles anzusehen und habe bei dieser

Gelegenheit das Personal darüber informiert, dass alle übernommen würden.

Das war es dann.

Nach dem notariellen Vertrag habe ich Veronika Hindich erst auf Langeoog wieder gesehen.«

So langsam wurde Kathrin Hansen kribbelig, sie spürte, dass sie mit Volk nicht weiterkamen. Über Ella Katz schien er rein gar nichts zu wissen. Spontan beschloss sie, sich doch noch in der Wohnung der Toten umzusehen. Heidkamp hatte zwar gemeint, sie sollten das den Kölner Kollegen überlassen, aber sie wollte sich überzeugen, wie die Frau gelebt hatte. Ihr Bauchgefühl sagte ihr, dass hinter der Frau mehr steckte, als es nach außen hin schien. Und für etwas musste die Fahrt nach Köln schließlich gut sein. Nur mussten sie sich verdammt beeilen, sonst würden sie die letzte Fähre in Bensersiel verpassen.

Sie gab Mike Jansen einen Wink, bedankte sich bei Volk für sein Entgegenkommen und reichte ihm ihre Karte.

»Es ist möglich, dass bei Bekanntwerden des Todes von Ella Katz sich doch noch etwas ergibt. Vielleicht in der Belegschaft, oder es melden sich Leute, die sie vermissen. Bitte rufen Sie uns sofort an, wir sind für jeden

Hinweis dankbar.«

Beim Hinausgehen ließ sie Volk noch wissen, dass er benachrichtigt würde, wann und wo Ella Katz beigesetzt würde.

26. KAPITEL

Im Auto gab Mike Jansen die Adresse von Ella Katz im Navi ein und atmete auf.

»Wow, was haben wir für ein Glück«, meinte sie, »nur drei Straßen weiter ist die Wohnung, also bleibt uns die Kölner Innenstadt doch noch erspart.«

Es war ein großer Altbau aus der Nachkriegszeit, vor dem Kathrin Hansen parkte. Kritisch betrachtete sie die Fassade, registrierte den verwitterten Anstrich, die farblosen Fenster und die in die Jahre gekommenen Lappen dahinter. Von früheren Kölner Einsätzen wusste sie, wie es im Inneren solcher Gebäude aussah und wäre am liebsten weitergefahren.

»Na super«, murrte Mike Jansen, »da finde ich meine Idee mit dem Hämmchen und einem Kölsch um einiges besser.«

An der Haustür drückte Kathrin Hansen mit spitzem Finger auf den Klingelknopf, danach noch zweimal anhaltend. Keine Reaktion.

»Okay, dann wollen wir mal«, meinte sie, »drückte die nur angelehnte Haustür auf und sie betraten das dunkle, muffig riechende Treppenhaus. Schnell gingen sie die knarrende Holztreppe hinauf und vermieden sich genauer umzusehen. Gut, dass ich den Haustürschlüssel aus der Tasche der Toten mitgenommen habe, fuhr es Kathrin Hansen durch den Kopf. Wer weiß, ob es hier überhaupt einen Hausmeister gibt und wann der aufgetaucht wäre.

Kurz darauf gingen sie durch die Wohnung und staunten über die feudale Einrichtung.

»Die Frau hatte jedenfalls einen guten Geschmack«, äußerte sich Mike Jansen.

»Und muss einmal viel Geld gehabt haben«, ergänzte Kathrin Hansen.

»Stimmt«.

Mike Jansen kannte die Nobelmarke der cremefarbenen Ledergarnitur im Wohnraum, eine ähnliche hatten ihre Eltern gehabt. Ihr Blick wanderte zu einer Vitrine, in der sich Kristallgläser spiegelten und mehrere Flaschen einer teuren französischen Cognacmarke standen. Im nächsten Raum stand vor dem Fenster ein Sekretär mit wunderschön gemasertem Kirschholz und als gelungener Kontrast bedeckte ein schneeweißes

Bücherregal eine ganze Wandseite. Interessiert sah sich Kathrin Hansen die Titel an und staunte nicht schlecht, als sie Werke über Psychologie und Biografien klassischer Komponisten entdeckte.

»Ella Katz war anscheinend gebildet«, meinte sie an Mike Jansen gewandt, »oder aber es war nur Show.«

Gezielt durchsuchten sie die Wohnung, fanden jedoch keine Hinweise, die sie weiter bringen würden. Auf etlichen Fotos war Ella Katz als Model in der Modebranche abgebildet, was bestätigte, dass sie einmal sehr gefragt war.

»Sie sah verdammt gut aus«, meinte Mike Jansen. »Zu dieser Zeit muss sie einen Haufen Kohle gemacht haben.«

»Scheint dabei aber ihre Altersversorgung vernachlässigt zu haben«, kommentierte Kathrin Hansen trocken. »Sie hat wohl gemeint, sie könnte noch ein paar Jährchen weiter machen und als das nichts wurde, stürzte sie ab. Ich habe einige solcher Fälle kennengelernt.«

Als Letztes gingen sie in das Schlafzimmer. Schlagartig stand Kathrin Hansen das Bild der Toten vor Augen, ihr stark geschminktes Gesicht, die neonfarben grünen Fingernägel, ihre Hotpants.

»Rot, ich sehe nur noch rot«, stöhnte Mike Jansen und blickte sich im Raum um. Starrte auf das rot bezogene Bett, musterte zwei rote Plüschsessel auf denen diverse Wäscheteile lagen und ihr Blick blieb an der roten Perücke hängen, die auf einem Modelkopf ausgestellt war.

»Aber das da«, Kathrin Hansen zeigte auf den neonfarben grünen Stoffhimmel über dem Bett, »ist ja wohl krass. Ob sie hier Männerbesuche hatte, ob sie sich weiterhin prostituiert hat?«

»Also früher bestimmt, in ihrem jetzigen Alter eher unwahrscheinlich«, kommentierte Mike Jansen.

»Na, ich weiß nicht, da bin ich mir nicht so sicher.«

Sie blickten sich weiter um und Mike Jansen staunte nicht schlecht, als sie in dem begehbaren Schrank die Kleider sah, die Ella Katz gehortet hatte. Es waren aus der Mode gekommene Modelle, die sie vermutlich als Model präsentiert hatte. Vielleicht waren sie Teil ihrer Gage, überlegte Mike Jansen. Jedenfalls musste es Ella Katz mächtig zugesetzt haben, dass sie im Alter als Küchenhilfe arbeitete. An einer Kommode zog sie die Schublade auf und sah darin eine schwarze Kladde mit roten Ecken liegen. Ein Standardartikel den fast jede Poststelle anbot. Passt nun gar nicht zu den Dingen, die ich bis jetzt gesehen habe, dachte Mike Jansen und war gespannt, was in der Kladde verewigt war.

»Wow, Kathrin, das musst du dir ansehen. Ella Katz hat hier fein säuberlich die Namen ihrer Freier, Datum, wann sie beglückt wurden und wie viel sie gezahlt haben, vermerkt. Letzter Eintrag war vor etwa zwei Jahren. Und Kathrin, sie hat auch Frauen als Kunden gehabt. Das ist doch irre.«

Nicht sonderlich überrascht nickte die Hauptkommissarin. Bei ihrer früheren Tätigkeit als Ermittlerin in der Großstadt hatte sie ganz andere Dinge erlebt.

»Wir nehmen die Kladde mit, obwohl es kaum anzunehmen ist, dass wir den Mörder der Frau unter ihren Kunden finden werden. Trotzdem, Ava soll die Namen checken, vielleicht ist ein bekanntes Gesicht darunter.«

Bei der weiteren Durchsuchung kam nichts mehr zutage, was ihnen hätte weiterhelfen können. Es gab keine Hinweise auf Familie, Freunde oder auf irgendwelche Freizeitaktivitäten.

Nichts.

»Tja, das war es wohl«, meinte Mike Jansen

enttäuscht, »ich hatte doch auf mehr gehofft.«

In der Diele zog Kathrin Hansen eine kleine Brieftasche aus ihrer Jacke und nahm ein Klebeetikett heraus.

»Du willst die Wohnung versiegeln?«, meinte Mike Jansen erstaunt.

»Klar, hier hat keiner mehr etwas zu suchen und ob ich die Kriminaltechnik benötige, hängt von den weiteren Ermittlungen ab.

Aber ich denke eher nicht.«

Beim Hinausgehen streifte sie an der Garderobe einen pinkfarbenen Blazer, der vom Bügel rutschte und zu Boden fiel. Sie hob ihn auf und bemerkte ein Papier in der Innentasche. Vorsichtig zog sie es heraus, erkannte, dass es sich um ein Foto handelte und betrachtete es.

»Das ist ja interessant«, murmelte sie. »Mike, sieh dir mal an, mit wem die Tote hier abgebildet ist.«

27. KAPITEL

Am Morgen in der Dienststelle fühlte Kathrin Hansen sich wie gerädert. Nerv tötend hatte sich tags zuvor die Rückfahrt von Köln durch mehrere Staus in die Länge gezogen und quasi auf die letzte Minute hatten sie die Fähre nach Langeoog erreicht. Immer noch spürte sie die Anstrengung in den Knochen und nahm sich vor, das nächste Mal eine Übernachtung einzuplanen. Sie blickte Mike Jansen an und staunte wie frisch und ausgeruht ihre junge Kollegin aussah. Wieder einmal wurde ihr bewusst, dass die Zeit an ihr selbst vorbei galoppierte und sie endlich an ihre Familienplanung denken sollte. Nicht mehr lange und sie konnte den Gedanken an eigene Kinder vergessen.

Sobald die Mordfälle aufgeklärt sind, werde ich mit Hindrik reden, beschloss sie, gab sich einen Ruck und blickte in die Runde.

»Also, dann mal los, und Ava Danke für den

Kaffee, den habe ich heute Morgen dringend nötig.« Sie koppelte die Bluetooth Verbindung zum Lautsprecher und drückte die Kurzwahltaste von Heidkamp.

»Einen kleinen Moment noch«, meldete er sich unmittelbar, »ich bin sofort dabei.«

Um die Zeit zu überbrücken, notierte Kathrin Hansen sämtliche Namen, die in Verbindung mit den beiden Mordfällen standen.

»Hier«, sie tippte auf das Fragezeichen, das sie dazu gemalt hatte.

»Wir müssen wissen, wer der Mann ist, mit dem Veronika Hindich in aller Herrgotts Frühe am Strand lief. Irgendwie habe ich das Gefühl, dass der in der Sache mit drinhängt.« Ehe sie sich dazu weiter äußern konnte, meldete sich Heidkamp zurück.

»So, nur noch schnell einen Schluck Kaffee, dann bin ich ganz Ohr«, grumelte er. Sein anschließendes Geschlürfe ging Mike Jansen wie immer auf die Nerven und konsterniert verdrehte sie die Augen.

»Ich fange mit dem Bericht von Köln an«, sagte Kathrin Hansen und berichtete, was sie bei *Food Service* und in der Wohnung von Ella Katz erreicht hatten. Am Schluss erwähnte sie das Foto, das sie in dem Blazer von Ella Katz gefunden hatte.

»Ich schicke es eben rüber«, meinte sie und sendete es mit dem Handy zu Heidkamp.

»Wie wir auf dem Foto sehen, war Ella Katz mehr als nur eine Angestellte bei Veronika Hindich. So, wie die beiden Frauen sich umarmen, lässt das auf eine enge Beziehung schließen. Und dann ist da noch der Mann an ihrem Tisch. Leider kann man ihn nur im Profil sehen.«

Sie blickte zu Mike Jansen hin.

»Mike, könnte das der Mann sein, mit dem du Veronika Hindich morgens am Strand gesehen hast?«

Eingehend betrachtete Mike Jansen das Foto. Es schien auf einer Party gemacht worden zu sein. Bunte Beleuchtung und Stehtische sprachen dafür. In lässiger Haltung stand der Mann bei den Frauen, hielt ein Glas in der Hand und blickte lächelnd zu ihnen hin.

»Größe und Statur könnten stimmen«, äußerte sich Mike Jansen, »doch mehr kann ich nicht sagen. Aber zu dem Mord an Ella Katz ist mir noch etwas durch den Kopf gegangen. Ich glaube, es war nicht die spontane Tat eines durchgeknallten Killers. Ihr Tod war geplant. Allerdings kann sich der Tatort Strandkorb dabei zufällig ergeben haben.«

»Dazu der Zeitpunkt«, gab Friedrichs zu bedenken. »In der Nacht, wenn am Strand nichts mehr los ist. Besser hätte der Täter es nicht treffen können.«

»Wobei die Frage ist, ob er zufällig die Frau getroffen hat, ihr Begleiter war, oder sich dort mit ihr verabredet hatte«, gab Kathrin Hansen zu bedenken.

»Ich neige zu Letzterem«, meldete sich Heidkamp zu Wort. »Eine Verabredung abends am Strand, wenn man nicht erkannt werden kann, ist die ideale Voraussetzung, um einen Mord zu begehen. Übrigens«, er blickte zu der Hauptkommissarin hin, »wurde festgestellt, ob das Tuch, mit dem Ella Katz erdrosselt wurde, ihr eigenes war?«

»Ja, was schon wieder für eine spontane Tat spricht«, erklärte sie. »Oder anders herum, was hätte der Täter gemacht, wenn es kein Tuch gegeben hätte?«

Sie seufzte auf.

»Puh, ich habe das Gefühl, wir drehen uns im Kreis.«

»Kommen wir zu dem Mord an Ilse Plaschke«, schwenkte Heidkamp um.

»Ihr Ehemann ist unser Hauptverdächtiger. Nun kommt hinzu, dass seine jetzige Lebensgefährtin das zweite Mordopfer gekannt hat. Offensichtlich sogar sehr gut gekannt hat. Müssten da nicht alle Alarmglocken bei uns läuten?«

Es ging dann auch ohne Alarmglocken, den letzten Schluck Kaffee, den Heidkamp lautstark genoss, ließ selbst Kathrin Hansen zusammenfahren.

»Stellen wir die Fakten zusammen und regeln, wer was macht«, meinte sie weiter.

»Fangen wir mit Benno Plaschke an.

Ein Mann, der früher osteuropäische Kunst schmuggelte und danach über Polen Frauen illegal ins Land brachte.

Ein Mann, der sich in Bonn in einem Nobelhotel mit Edelnutten traf, während er verheiratet war.

Ein Mann, der angibt, dass von jetzt auf gleich seine Frau verschwunden ist, die vier Wochen später in der Schweiz fünfzigtausend Euro von dem gemeinsamen Konto abgehoben haben soll.«

Gereizt tippte Kathrin Hansen mit dem Stift auf ihre Notizen.

»Hier liegen wir uns immer noch mit der Schweizer Bank in den Haaren, der stinksteife Geschäftsführer verweigert uns das Foto, das die Überwachungskamera aufgezeichnet hat. Der Schutz seiner Kunden sei unantastbar, so seine Erklärung. Auf diesem Foto soll Ilse Plaschke mit ihrem Liebhaber zu sehen sein, also ein wichtiges Indiz.«

»Ich kümmere mich darum«, warf Heidkamp ein. »Ich habe einen guten Bekannten bei der Staatsanwaltschaft in Zürich.«

»Gut, gehen wir weiter.

Olli, du wolltest dich bei den Transportfirmen auf der Insel umhören, ob Plaschke mit ihnen in Verbindung steht. Was ist dabei herausgekommen.«

»Stinkwütend sind die auf den Mann«, erklärte ihr Stellvertreter.

Aber nicht alle.

Zwei Firmen, es handelt es sich um kleinere Betriebe, wo es keine Nachfolger gibt und die in den letzten Jahren unwirtschaftlich gearbeitet haben, hat Plaschke aufgekauft. Hier waren die Inhaber direkt froh, dass sie an ihn verkaufen konnten. Über den Preis schweigen die natürlich.

Doch es geht weiter.

Aktuell hat Plaschke drei Unternehmen Angebote gemacht, Firmen, denen es gut geht. Da sie ablehnen, geht Plaschke hin und macht ihren Kunden Dumpingpreise. Er schießt Geld hinzu, nur um sie in die Knie zu zwingen. Das bedeutet Streit, die Leute hassen ihn und es ist abzuwarten, wie lange das gut geht.«

Und solch ein Mann macht meinen privaten Umzug, fuhr es Heidkamp durch den Kopf.

»Da war noch die Frage, ob Plaschke außer seinem Ferienhaus weitere Immobilien auf der Insel besitzt«, schaltete sich Mike Jansen ein. »Ich habe mich beim Grundbuchamt informiert und es ist so, das Haus, in dem seine Lebensgefährtin die Boutique hat, stand vor zwei Jahren zum Verkauf und über einen Makler hat Plaschke es erworben.«

»Hat er es Veronika Hindich überschrieben?«, wollte Kathrin Hansen wissen.

»Nein. Männer wie Plaschke sind zwar gerne großzügig, behalten aber das Heft in der Hand.

Aber weiter.

Er besitzt auf der Insel sonst keine Immobilien, hatte jedoch beim Bauamt eine Bauanfrage für eine Lagerhalle in der Nähe des Hafens gestellt. Praktisch direkt an der Hafenstrasse.«

»Und?«

Kathrin Hansen blickte ihre Kollegin gespannt an.

»Nein, es wird keine Lagerhalle geben, die Anfrage wurde vom Inselrat einstimmig abgelehnt.«

»Von einem Kumpel, dessen Vater im Rat ist, habe ich erfahren«, warf Friedrichs ein, »dass gemunkelt wird, dass Plaschke versucht haben soll, einige Mitglieder zu schmieren, um ihre Stimme zu bekommen. Aber«, er hob die Hände, »da schweigen alle. Keiner will in den Verdacht kommen, dass er näher mit Plaschke in Kontakt steht.«

Kathrin Hansen blickte in die Runde.

»Okay, dann hätten wir das abgehakt. Gibt es etwas Nettes über den Mann zu sagen, außer, das er Olli und mir, obwohl wir ihn morgens in aller Herrgotts Frühe aus der Dusche geholt haben, freundlich, ja direkt charmant empfangen hat. Uns sogar Kaffee und«, sie blickte grinsend zu Friedrichs hin, »Tee hat servieren lassen. Wenn nicht, kommen wir zu den weiteren Personen.

Hier haben wir den Verbund von Veronika Hindich, ihrem unbekannten Begleiter am Strand und Ella Katz. Ein Verbund, der zumindest auf eine gemeinsame Bekanntschaft schließen lässt.

Wenn nicht mehr.

Mike, deine Meinung, dass Benno Plaschke bei Veronika Hindich als Liebhaber bereits abgeschrieben sein könnte, hängt an mir wie eine Klette. Jedoch kann ich kaum glauben, dass sie so dumm sein wird. Würde Plaschke davon erfahren, lässt er sie fallen und auf Langeoog kann sie einpacken. Vermutlich würde er noch Schlimmeres mit ihr anstellen. Machtmenschen können mit Niederlagen nicht umgehen.

Nein.

Veronika Hindich ist nicht mehr die jüngste und wird nicht riskieren wollen, nochmal neu anfangen zu müssen.«

»Um genau diese Dinge zu klären«, meldete sich Heidkamp zu Wort, »werden wir die Frau vorladen müssen. Sie muss uns sagen, wer der Mann ist. Notfalls setzen wir sie unter Druck, indem wir ihr klarmachen, dass sie verdächtigt wird, Ella Katz ermordet zu haben. Das wird sie gesprächig machen.

Wissen wir, wer der Mann ist, überprüfen wir ihn und checken sein Alibi für den Zeitpunkt, an dem Ella Katz ermordet wurde. Erst danach, so plädiere ich, nehmen wir uns Benno Plaschke vor. Wir haben dann Fakten, mit denen wir ihn konfrontieren werden. Können ihm aufgrund des Verdachts, seine Frau vor zwei Jahren ermordet zu haben, mächtig zu schaffen machen. Ich glaube, dass wir so endlich zu Ergebnissen kommen. Weiterhin höfliche Zurückhaltung üben, bringt nichts mehr. So, alles Weitere könnt ihr ohne mich besprechen, ich muss mich um meinen Umzug kümmern. Sobald es Neuigkeiten gibt, lasst es mich wissen.«

28. KAPITEL

Nach der Besprechung kam sich Kathrin Hansen hölzern vor. Immer noch steckte ihr die lange Autobahnfahrt in den Knochen. Sie brauchte Bewegung und da gab es nichts Besseres als eine Runde am Strand laufen. Danach würde sie sich Veronika Hindich vornehmen.

Sie informierte Ava Sari, fuhr mit dem Bike nach Hause und zog sich bequeme Laufsachen an. Um den Hauptstrand zu vermeiden, stapfte sie den Übergang zum Sportstrand hinunter und wandte sich in Richtung Osten. Es herrschte auflaufendes Wasser und um ihre Laufschuhe zu schonen, lief sie auf Abstand zur Wasserlinie. Schon nach wenigen Minuten spürte sie, wie die aufgestaute Anspannung in ihr nachließ, wie sie lockerer wurde, und atmete tief ein. Wieder einmal wurde ihr bewusst, dass sie das Richtige getan hatte, als sie ihren Job in Köln hingeschmissen und sich für ein Leben auf der Insel entschieden hatte. Okay, anfangs hatte sie gedacht, es wäre aus Verzweiflung geschehen, um ihrem Ex zu entkommen, heute wusste sie, dass der Ruf der Insel in ihr gelauert hatte. So lange gelauert hatte, bis sich die passende Gelegenheit ergeben hatte, um sie einzufangen. Es war klar, sie hatte die Gene ihrer Großeltern geerbt.

Beim Laufen spulten sich nochmals die einzelnen Vorgänge der beiden Mordfälle in ihrem Kopf ab. Sie sah Ilse Plaschke vor sich, das Mauerblümchen, wie sie verschnürt und tot ins Meer versenkt wurde. Eine Frau, die zweifellos mitbekommen hatte, dass ihr erfolgreicher und angesehener Mann sich mit anderen Frauen vergnügte.

Eine Frau, die schwieg, bis es wohl nicht mehr ging und sie sich auf Langeoog zurückzog. Und laut ihrer Nachbarin am liebsten keinen Menschen getroffen hätte. Unmöglich sich vorzustellen, dass eine Frau in solch einer Verfassung mit einem heimlichen Liebhaber durchgebrannt ist.

Für Kathrin Hansen stand fest, Benno Plaschke hatte seine Ehefrau beseitigt, um eine andere an seiner Seite zu haben. Veronika Hindich, eine bedeutend jüngere Frau, sehr gut aussehend, mit vermutlich besonderen

Qualitäten. Tief atmete Kathrin Hansen durch und erhöhte das Lauftempo. Ella Katz, wie passt du in das Bild, was hat dich nach Langeoog getrieben, sinnierte sie weiter. Jedenfalls musst du mächtig jemand auf die Füße getreten haben.

Schlagartig schoss Kathrin Hansen ein Gedanke durch den Kopf und abrupt blieb sie stehen. Verdammt dachte sie, warum habe ich daran nicht schon früher gedacht?

Nachdenklich ging sie langsam weiter und bildete Querverbindungen, bis sich ein Muster ergab, das passte. Also doch zwei Täter, und einer von ihnen musste Benno Plaschke sein.

Trotz der leichten Bekleidung lief Kathrin Hansen auf dem Rückweg noch schnell zum Imbiss in der Barkhausenstraße. Für den Abend hatte zwar Hindrik ein leckeres Fischessen versprochen, doch so lange konnte sie nicht warten, ihr Magen knurrte schon jetzt. Eine Bratwurst mit Fritten und Majo waren genau das, was sie brauchte. Etwas Gesundes, wie Hindrik spöttisch meinte.

Zu Hause setzte sie sich auf die Terrasse und verzehrte mit Genuss den Imbiss. Dabei blickte sie zum Strand, registrierte die Kinder, die fröhlich in dem Matsch buddelten, ihre Augen wanderten über das ruhig dahin wogende Meer, doch ihre Gedanken waren woanders. Ursprünglich wollte sie Veronika Hindich fragen, ob sie Ilse Plaschke schon kannte, bevor sie verschwunden war, und wie sie Benno Plaschke kennenlernte. Langsam hatte Kathrin Hansen die Frau aufweichen wollen, doch jetzt änderte sie die Strategie.

Ella Katz, die ehemalige Mitarbeiterin, erdrosselt in einem Strandkorb, musste der Angelhaken sein. Schon jetzt war Kathrin Hansen gespannt, wie Veronika Hindich auf diese Nachricht reagieren würde. Jedenfalls musste es für sie plausibel sein, dass bei den laufenden Ermittlungen jeder, der mit der Toten in Kontakt gestanden hatte, unter die Lupe genommen wird.

Das Alibis eingefordert werden.

Alles Weitere würde davon abhängen, wie sie darauf reagiert.

Bei der Frage, ob sie Veronika Hindich auch mit der Ermordung von Ilse Plaschke konfrontieren sollte, war sich Kathrin Hansen unsicher. Sie konnte ihr suggerieren, dass der Verdacht bestand, dass sie als Lebensgefährtin von Benno Plaschke in die Sache verwickelt war, doch das war eine gewagte Taktik. Noch hatten sie nichts gegen ihn in der Hand und das wusste Veronika Hindich. Sie würde den

Verdacht als lächerlich abtun.

Nein, Veronika Hindich wegen dem Mord an Ilse Plaschke in die Zange nehmen, ergibt keinen Sinn, entschied die Hauptkommissarin.

29. KAPITEL

Blendend aussehend, eine Aura von Wohlstand und Lebensstil verbreitend, wusste Veronika Hindich, was sie darstellte. Für Kathrin Hansen war klar, es würde nicht leicht werden, diese Frau zu knacken. Zudem bestand die Möglichkeit, dass sie mit beiden Mordfällen nichts zu tun hatte, und ihre früheren Vergehen waren Geschichte.

»Gerne hätte ich mich in ihrem Geschäft mit Ihnen unterhalten«, begann Kathrin Hansen das Gespräch, »doch wegen den Kunden halte ich es hier für besser.«

»In meiner Boutique sind Sie herzlich willkommen«, erwiderte Veronika Hindich lachend. »In Ihrer Größe habe ich so richtig schöne Sachen da. Auch Wäsche, etwas fürs Auge Ihres Lebensgefährten«, meinte sie mit den Augen zwinkernd.

»Danke, bei Bedarf komme ich gerne darauf zurück. Nun aber«, Kathrin Hansen blickte ihre

Besucherin ernst an, »geht es um Ermittlungen in einem Mordfall.«

Veronika Hindich winkte ab.

»Kein Problem.

Auch wenn es um die Frau meines Lebensgefährten geht, werde ich Ihnen alles sagen, was helfen kann, dieses Verbrechen aufzuklären.«

»Nicht wegen dieser Sache sind Sie hier, aber darf ich Ihnen vorweg etwas zu trinken anbieten, einen Tee oder Kaffee?«

Ihre Absicht, die Frau zu verunsichern, schien zu funktionieren, bemerkte Kathrin Hansen. Nur eine Sekundensache, aber ihr war nicht entgangen, wie sich der Körper von Veronika Hindich versteifte und ihre Augenlider flackerten. Dann hatte die Frau sich wieder in der Gewalt.

»Nein danke, ich möchte nichts trinken«, lehnte Veronika Hindich ab, »nun aber haben Sie mich richtig neugierig gemacht.

Schießen Sie los.«

Es klang etwas herablassend und Kathrin Hansen entschied, die volle Breitseite abzufeuern.

»Wann haben Sie sich mit Ella Katz auf der Insel getroffen?«

Mit großen Augen starrte Veronika Hindich

sie an. »Ella Katz? Ich soll Ella hier auf Langeoog getroffen haben, wie kommen Sie denn darauf?«

»Da Sie mit ihr befreundet waren, gehe ich davon aus, dass Ella Katz, als sie auf Langeoog war, Sie treffen wollte. Also wann genau und wo haben Sie ihre Freundin getroffen?«

Selbst unter dem dick aufgetragenen Makeup konnte Kathrin Hansen sehen, wie das Gesicht von Veronika Hindich sich verhärtete.

»Freundin?

Ella soll meine Freundin sein?

So ein Quatsch.«

»Dann erzählen Sie mir doch bitte, wie genau Sie zu ihr standen. Und um es Ihnen plausibel zu machen, Ella Katz wurde Opfer eines Gewaltverbrechens.

Hier auf Langeoog.«

»Was sagen Sie da?«

Entsetzt starrte Veronika Hindich die Hauptkommissarin an. Entweder hat sie mit dem Mord nichts zu tun oder ist eine exzellente Schauspielerin, schoss es Kathrin Hansen durch den Kopf.

»Gewaltverbrechen, sagen Sie, das heißt, Ella wurde hier auf der Insel ermordet?

Das ist doch Wahnsinn.

Was genau ist passiert?«

So langsam wurde Kathrin Hansen sauer. Von der Frau hatte sie noch keine Antwort auf ihre Frage erhalten, das musste sich ändern.

»Also, Sie werden verstehen, dass ich zu den laufenden Ermittlungen nichts sagen kann und dass wir jede Person kontaktieren, mit der das Opfer in Verbindung stand. Und hier«, mit gerunzelter Stirn blickte Kathrin Hansen sie an, »stehen Sie oben auf der Liste.«

Durch Veronika Hindich ging ein Ruck. Kerzengerade richtete sie sich auf und sah mit schmalen Augen die Hauptkommissarin an.

»Sie verdächtigen mich?«

»Stopp.«

Kathrin Hansen hob die Hand.

»Ich habe Sie gebeten, mir zu sagen, wann Sie Ella Katz hier auf Langeoog getroffen haben. Und ich sehe kein Problem darin, dass Sie die Frage beantworten.«

»Gut.«

Veronika Hindich entspannte sich etwas.

»Tut mir leid, dass ich zu heftig reagiert habe, das war der Schock.«

Nachdenklich blickte sie zum Fenster hinaus, als ob sie ihre Gedanken sammeln müsste.

»Früher hatte ich eine Firma, die Speisen herstellte, die ich außer Haus lieferte. *Food*

Service hieß die Firma. Ich hatte Mitarbeiter für den Innen- und Außendienst. Eine davon war Ella Katz. Erst arbeitete sie in der Küche, später habe ich sie im Außendienst eingesetzt, damit sie etwas mehr verdiente.«

Na, schoss es Kathrin Hansen durch den Kopf und konnte gerade noch ein Grinsen unterdrücken, sie wird jetzt sicherlich nicht den Nebenerwerb ihrer Damen erwähnen.

»Wir kannten uns seit der Kindheit, waren Nachbarskinder. Ella war um einiges älter, trotzdem verstanden wir uns gut. Später haben wir uns aus den Augen verloren und erst vor etwa fünf Jahren wiedergesehen. Zu diesem Zeitpunkt war Ella ziemlich abgesackt. Ehemals war sie ein gefragtes Model in der Modebranche gewesen, doch dann wurde sie für den Job zu alt und bekam keine Aufträge mehr. Das hat ihr schwer zu schaffen gemacht. Woher sie meine Firma kannte, wusste ich nicht, jedenfalls stand sie vor meiner Tür und fragte, ob ich einen Job für sie hätte.«

Wieder blickte Veronika Hindich nach draußen und wischte sich über die Augen.

»Bis zum Verkauf der Firma hat sie bei mir gearbeitet. Sie war zuverlässig und man konnte sich auf sie verlassen. Jedoch«, Veronika Hindich sah die Hauptkommissarin an, »es war nicht mehr das vertraute Verhältnis zwischen uns wie früher. Die Jahre hatten jedem von uns seinen Stempel aufgedrückt. Beim Verkauf der Firma habe ich noch dafür gesorgt, dass der neue Besitzer Ella übernahm, und das war es.«

»Das heißt, seitdem haben Sie sich nicht mehr getroffen?«

»Nein, und damit habe ich Ihre Frage beantwortet.«

Es war deutlich, mehr würde sie nicht dazu sagen. Nur entsprach die Aussage nicht der Wahrheit.

»Etwas verstehe ich dann aber nicht«, sagte Kathrin Hansen, klappte eine dünne Mappe auf, entnahm ein Foto und schob es Veronika Hindich zu.

»Hierauf sind Sie mit Ella Katz zu sehen. Offensichtlich waren sie beide in ausgezeichneter Stimmung. Ich würde sagen in Feierlaune. Das können Sie doch nicht vergessen haben.«

Schweigsam betrachtete Veronika Hindich das Foto, wischte sich erneut über die Augen und nickte schließlich.

»Doch, das hatte ich vergessen, es war ein zufälliges Zusammentreffen in einer Kölner Bar an einem Wochenende. Wir hatten getrunken und haben über die Vergangenheit, über unsere Kindheit geredet. Darüber sind wir wohl emotional geworden. Es muss vor etwa zwei Jahren gewesen sein, danach haben wir uns nicht mehr gesehen.«

»Sie waren nicht alleine, an ihrem Tisch stand ein Mann, ein Bekannter von Ihnen?«

Veronika Hindich warf nochmals einen Blick auf das Foto und schüttelte den Kopf.

»Keine Ahnung, wer der Mann war, er muss zufällig dort gestanden haben. Vielleicht wollte er uns anmachen«, meinte sie lächelnd.

Sie musste ihr etwas mitgeben, an dem sie zu knabbern hatte, überlegte Kathrin Hansen. So einfach sollte die Frau nicht davon kommen.

»Und Sie sind ganz sicher, dass dieser Mann nicht kürzlich auf der Insel war und Sie getroffen hat?

Dass er Ella Katz kannte?«

Jetzt war der Sack voll.

Veronika Hindich stand abrupt auf und blickte wütend Kathrin Hansen an.

»Es reicht. Ich habe Sie genau verstanden und ihre Verdächtigungen muss ich mir nicht länger anhören. Das Ella nicht mehr lebt, tut mir sehr leid, aber ich habe nichts mit ihrem Tod zu tun. Wenn Sie mich jetzt entschuldigen wollen, ich habe noch einen Termin.«

Ohne sich weiter zu verabschieden, stapfte

Veronika Hindich hinaus und warf die Tür hinter sich zu. Na, ein Besuch in ihrer Boutique kann ich mir dann ja wohl sparen, griemelte Kathrin Hansen. Doch eines war offensichtlich, die Frau hatte gelogen. Nur wie sie ihr das beweisen konnte, da schwebte Kathrin Hansen völlig im Dunst, der sich über das Meer gelegt hatte.

30. KAPITEL

Nachdem sie noch einiges an Schriftkram erledigt hatte, verließ Kathrin Hansen die Dienststelle und freute sich bereits auf das Abendessen, das Hindrik versprochen hatte. Doch so ganz konnte sie nicht abschalten. Dass Veronika Hindich ohne Ergebnisse abzuliefern davongekommen war, gefiel ihr gar nicht. Zudem war diese jetzt gewarnt und würde vermutlich Benno Plaschke ins Geschirr nehmen, der seine Rechtsanwälte hatte.

Zu Hause angekommen, duftete es bereits in der Diele nach leckerem Essen und Kathrin Hansen schlich sich in die Küche. Am Herd stand Hindrik mit seiner blauweißen Lieblingsschürze, die er sich einmal aus Bayern mitgebracht hatte. Von hinten umarmte sie ihn und drückte ihm einen Kuss auf den Nacken.

Vor Schreck hätte Hindrik fast die Pfanne fallen lassen, in der er gerade Bratkartoffeln schwenkte.

»Puh, hast du mich erschreckt«, sagte er lachend, stellte die Pfanne ab und nahm sie in die Arme. Ein kurzer Blick in ihr abgespanntes Gesicht sagte ihm, dass sie einen anstrengenden Tag hinter sich hatte.

Dagegen musste er etwas tun.

»So, du Strandnixe, husch unter die Dusche und dann gibt es etwas zu essen«, brummelte er. Im Kühlschrank prüfte er, ob der Chardonnay gut gekühlt war und deckte auf der Terrasse den Tisch. Dabei blickte er zum Strand und staunte, dass sich dort um diese Zeit noch Familien mit Kleinkindern tummelten. Eigentlich gehörten die schon ins Bett, ging es ihm durch den Kopf. Aber es war ein Zeichen dafür, dass die Menschen, ob klein oder groß, sich auf der Insel wohlfühlten.

Kinder, schoss es ihm durch den Kopf, ein Thema, dass er ansprechen wollte. Er hatte kürzlich gescheckt, dass er Elternzeit nehmen könnte und auch sonst passte alles. Bei der Vorstellung, dass sich dort unten am Strand ihre eigenen Kinder tummelten, fingen seine Augen an zu leuchten. Heute werde ich mit Kathrin darüber reden, beschloss er, ging in die Küche und entkorkte den Wein.

»Köstlich, Hindrik, du hast super lecker gekocht«, murmelte Kathrin Hansen, hob ihr

Weinglas und prostete ihm zu. »Die Scholle schmeckt, als ob sie gerade erst gefangen worden wäre.«

»So ähnlich hat der Fischhändler sie mir auch angepriesen«, erwiderte Hindrik und blickte seine Lebensgefährtin an.

»Aber du siehst abgespannt aus, macht dir der Mord an der Frau im Strandkorb so zu schaffen oder gibt es etwas anderes, das dich belastet?«

»Ach, es ist frustrierend, dass wir in den Ermittlungen nicht richtig vorankommen. Wir haben zwar Ansätze, stecken aber fest. Und jetzt habe ich mir auch noch eine Insulanerin vergrault.« Kurz schilderte Kathrin Hansen die Begegnung mit Veronika Hindich, griff nach ihrem Handy und öffnete ein Foto.

»Hier, sieh dir mal das Foto an und sage mir, was dein Eindruck ist.«

Eingehend betrachtete Hindrik die Personen, wobei sein Blick an Veronika Hindich hängen blieb.

»Die blonde Frau kenne ich. Kürzlich erst habe ich sie beim Weinhändler getroffen. Sie ist mir deshalb aufgefallen, weil sie sich anscheinend mit den Rebsorten gut auskannte. Jedenfalls hat sie mit dem Weinhändler lange darüber palavert.«

»Veronika Hindich, seit zwei Jahren hat sie hier eine Boutique, und sie hat mich angelogen. Sie behauptet, den Mann neben ihr nicht zu kennen, was ich nicht glaube. Ich finde die Situation ist deutlich genug, sie gehören zusammen.«

»Wer ist die Frau neben ihr?«.

»Das Mordopfer im Strandkorb.«

»Oh, das muss diese Hindich schwer getroffen haben. So, wie die Frauen sich umarmen, hat die Tote ihr etwas bedeutet.«

»Auch hier stellt sie das anders dar. Zufällig hätten sie sich in einer Kölner Bar getroffen und etwas getrunken. Dabei wären sie sentimental geworden, was sie dem Alkohol zuschreibt.«

»Hindrik blickte wieder auf das Foto. Etwas, das Kathrin gesagt hatte, irritierte ihn.

»Einen Moment mal«, meinte er, nahm das Handy, verschob das Foto in ein Bearbeitungsprogramm und nach wenigen Klicks nickte er zufrieden.

»Das ist nicht in Köln, die waren hier auf Langeoog in der Disko vom Seeblick«, stellte er fest.

Es hätte nicht viel gefehlt und das Weinglas wäre Kathrin Hansen aus der Hand gefallen. Perplex blickte sie Hindrik an.

»Wie kommst du denn darauf?«

»Hier, sieh mal.«

Hindrik vergrößerte das Foto auf dem Display. »Ich habe das Bild so weit es ging geschärft und in der Vergrößerung kannst du den Anker sehen, der über der Theke hängt. Von dem Ding gibt es nur einen. Und auf den Getränkekarten auf den Stehtischen siehst du das Logo vom Seestern.«

In einem Zug trank Kathrin Hansen ihr Glas aus, setzte es mit einem harten Ruck auf den Tisch und starrte entgeistert auf das Bild.

»Verrückt.

Die Frau hat mich nach Strich und Faden belogen, aber jetzt habe ich sie am Haken.«

Wie elektrisiert überlegte sie, was diese Entwicklung bedeutete, spürte, dass es der Durchbruch war. Mit einem lustigen Funkeln in den Augen blickte sie Hindrik an.

»Wie war das noch mal, hattest du nicht gemeint, ich brauchte Entspannung, müsste mal auf andere Gedanken kommen?«

Sie blickte auf ihre Uhr.

»In einer Stunde macht die Disco auf, und die Getränke gehen auf mich.«

31. KAPITEL

Kurz nach zwanzig Uhr gingen sie in die Disco und wunderten sich, dass die Bude schon brechend voll war. Kathrin Hansen blickte zur Theke und musterte den schweren Anker darüber. Er war es, so ein Teil gab es nur einmal. Zufrieden sah sie, dass der Chef des Hauses persönlich bediente, einen Mitarbeiter hätte sie in der Sache nicht ansprechen können.

»Komm«, sagte sie zu Hindrik und steuerte die beiden noch freien Plätze am Kopfende an. Dabei ging ihr durch den Kopf, dass hier vor nicht langer Zeit eine junge Frau ermordet wurde. Ein Fall, der ihr an die Nerven gegangen war.

»Moin«, begrüßte Karsten Lenz sie, »schön, dass man sich mal wieder sieht.« Mit einem Grinsen blickte er die Hauptkommissarin an.

»Kathrin, bist du privat hier oder gibt es einen dienstlichen Grund? Vielleicht wieder ein paar Killer, hinter denen du her bist?«

»Karsten, zapfe uns erst einmal zwei ordentliche Biere«, dann komme ich auf deine Frage zurück.

»Also dienstlich«, stöhnte Karsten Lenz, »ich habe es befürchtet.« Es dauerte dann noch eine Weile, bis er sich einen Moment Zeit nehmen konnte und sich ihr zuwandte.

»Nun, Kathrin, womit kann ich dir helfen? Du weißt, in meinem Laden geht alles ordentlich zu. Keine Drogen, keine Anmache, und das Alter der jungen Leute habe ich auch im Blick.«

Beruhigend legte Kathrin Hansen ihre Hand auf seinen Arm.

»Karsten, alles gut, ich hätte dich nur gerne etwas gefragt.«

»Okay, schieß los.«

»Hier«, sie legte das Handy mit dem Foto im Display auf die Theke.

»Kennst du die Leute?«

Er nahm das Handy, zoomte das Bild größer und nickte.

»Klar, also eigentlich nur die Blonde, das ist Veronika Hindich. Meine Frau hat schon in ihrer Boutique gekauft. Ein teurer Laden, aber die Hindich ist in Ordnung. Manchmal ist sie mit ihrem Lebensgefährten hier, muss ein wohlhabender Geschäftsmann sein. Beim letzten Besuch hatte er Geburtstag und schmiss eine Lokalrunde. Aber das Foto ist schon älter, warte, ich komme noch drauf. Genau, hier oben an der Ankerkette kannst du sehen, dass mehrere Glieder verrostet sind. Vor etwa zwei Jahren habe sie erneuern lassen, es muss vor der Hauptsaison gewesen. Also kann das Foto danach nicht gemacht worden sein. Und ich kann mich erinnern, dass die drei sich da noch bestens verstanden haben.«

Schlagartig wurde Kathrin Hansen hellwach.

»Karsten, wie meinst du das mit damals bestens verstanden haben, waren die nochmal hier und es war dann anders?«

Einen Augenblick überlegte Karsten Lenz und nickte.

»Genau so, wie es auf dem Foto aussieht, war es damals. Sie waren gut drauf, waren befreundet, das war zu sehen. Jedenfalls hatten sie sich eine Menge zu erzählen, lachten viel und noch mehr tranken sie.

Als sie dann kürzlich hier waren, hatte sich ihr Verhältnis offensichtlich geändert. Sie saßen dort hinten an dem Tisch in der Nische und ihren Gesichtern nach zu urteilen herrschte dicke Luft. Die beiden Frauen gestikulierten wild mit den Armen und schienen verschiedener Meinung zu sein.«

»Und der Mann, wie stufst du den ein, war er für eine der Frauen vielleicht mehr als nur ein Freund?«, unterbrach Kathrin Hansen ihn.

Karsten Lenz bemerkte, dass einige Gäste leere Gläser hatten und entschuldigte sich für einen Moment.

»Zapfe uns gleich welche mit«, bat Hindrik, »und für dich selbstverständlich auch eins.«

Kurze Zeit später stellte der Wirt die Biere ab und prostete ihnen zu.

»Also Kathrin, zu deiner Frage wegen dem Mann, der die Frauen begleitete, war das eindeutig. Er und die Hindich hatten was miteinander, da bin ich mir ganz sicher. Mehrmals habe ich bemerkt, wie sie sich anfassten, zu intensiv, um nur eine flüchtige Berührung zu sein. Sie meinten wohl, das bekäme keiner mit, aber für so etwas habe ich einen Blick.

»Und die zweite Frau, die Ältere, was für einen Eindruck hattest du von ihr?«

Nach einem Schluck Bier stellte Karsten Lenz sein Glas ab und runzelte die Stirn.

»Also, wäre die alleine hier gewesen, hätte ich sie nicht aus den Augen gelassen. Sie sah aus wie eine ältere Nutte, die sich auf jung getrimmt hatte. Übertrieben geschminkt, aufreizend gekleidet und eigentlich passte sie gar nicht zu den beiden. Sie war es auch, die laut wurde und völlig ausflippte.«

Bei Kathrin Hansen setzte ein Kribbeln ein, sie stand unter Hochspannung.

»Völlig ausflippte?

Karsten, wie muss ich das verstehen?«

»Na ja, ich weiß auch nicht, ob die Frau, weil sie zu viel getrunken hatte, irgendeinen Mist daher geredet hat, jedenfalls bekam ich mit, dass sie die Hindich beschimpfte und zu ihr meinte, dass würde ihr noch leid tun. Dann ging aber auch schon der Mann dazwischen, bezahlte die gesamte Zeche und rauschte mit der Hindich ab. Ach ja, beim Hinausgehen rief diese noch der Älteren zu, dass sie sich das Gästebett an den Hut stecken könnte. In ihr Haus käme sie nicht mehr.«

»Und die Frau, was machte die dann?«

»Sie wollte noch einen Schnaps, den ich ihr jedoch nicht gegeben habe. Ich habe ihr klar gemacht, das sie für den Abend genug hatte und war froh, als sie die Disko verlassen hatte.«

»Karsten, wann genau waren die hier?«

»Vor drei Tagen, am Samstagabend.«

Entgeistert starrte Kathrin Hansen ihn an. In ihrem Kopf bildeten sich in rasender Schnelle Muster, fügten sich Steine zusammen, alles lief wie in einem Film ab.

Wahnsinn, schoss es ihr durch Kopf, so muss es gelaufen sein.

»Den Schnaps, Karsten, den nehme ich jetzt«, sagte sie mit belegter Stimme.

»Einen Doppelten.«

32. KAPITEL

Schon recht früh war Kathrin Hansen in der Dienststelle. In der Nacht hatten ihre Nerven verrückt gespielt und mit Schlaf war nicht viel gewesen. Sie gierte nach Koffein und da Ava Sari noch nicht da war, ging sie in den Sozialraum und brühte sich einen starken Kaffee auf.

Eigentlich hatte sie am Abend nach dem Besuch in der Disko Veronika Hindich noch vernehmen wollen, war dann aber zu der Ansicht gelangt, dass es nicht viel bringen würde. Sie musste damit rechnen, dass Plaschke anwesend war, und der hätte sie erst gar nicht ins Haus gelassen. Gut, die Frau hatte gelogen, eine Falschaussage gemacht, doch das war es auch schon. Kein Grund, um sie festhalten zu können. Den Streit in der Disko würde sie damit abtun, dass Ella Katz betrunken gewesen war. Weiterhin glaubte Veronika Hindich, dass ihre Aussage, das Foto sei in einer Kölner Bar entstanden, die Hauptkommissarin geschluckt hätte. Sie würde sich also sicher fühlen. Trotzdem, überlegte Kathrin Hansen, müssen wir verhindern, dass sie die Insel verlassen kann.

Es würde nicht einfach sein.

Ich muss Heidkamp anrufen, ging es ihr durch den Kopf, vielleicht kann er einen Haftbefehl besorgen, dann können wir die Frau so lange weichkochen, bis sie uns sagt, wer der Mann an ihrer Seite war. Für Kathrin Hansen stand fest, dass er in dem Drama eine Rolle spielte. Sie hörte, wie aus dem Nebenraum Ava Sari ein fröhliches Moin herüberrief, trank den letzten Schluck Kaffee und dachte daran, dass Karsten Lenz gemeint hatte, Ella Katz wäre betrunken gewesen.

Verdammt, mit Sonja Klaes hatte sie über den Promillegehalt im Blut der Toten nicht gesprochen.

Ein Fehler.

Sie wählte die Nummer der Pathologin, bekam die Assistentin an die Strippe und erfuhr, dass ihre Chefin in einem Auswärtstermin sei.

»Aber vielleicht kann ich Ihnen ja helfen«, bot sie sich an. Kurz erklärte die Hauptkommissarin den Sachverhalt und wenige Minuten später hatte sie das Ergebnis.

»1,6 Promille, für eine Frau ein ganz schöner Alkoholspiegel«, las die Assistentin auf dem Monitor ab. »Ich bezweifle, dass sie in ihren letzten Stunden noch viel mitbekommen hat.«

Für die schnelle Hilfe bedankte sich Kathrin Hansen, bestellte Grüße an Sonja Klaes und beendete das Gespräch.

Einmal nur hörte sie das Freizeichen, als sich auch schon Heidkamp meldete. Sie bemerkte, dass er nicht bei der Sache war und vermutete, dass er im Umzugsstress steckte. Daher berichtete sie in einer knappen Zusammenfassung über die neusten Erkenntnisse.

»Gut«, seine Laune schien sich zu heben, »das hört sich an, als ob wir endlich weiter kommen.«

Deutlich vernahm Kathrin Hansen, wie ihr Chef durchatmete. Ihm schien etwas Belastendes von der Seele gefallen zu sein.

»Gerade noch rechtzeitig«, erklärte er dann auch schon. »Unser Polizeipräsident hat eine Sonderkommission in Erwägung gezogen, davon kann ich ihn jetzt erst einmal abbringen. Jedenfalls müssen wir sofort die Fähre und den Flughafen überwachen, damit die Dame uns nicht durch die Lappen geht. Dass sie das plant, glaube ich zwar nicht, doch wir müssen uns absichern. Ich bin hier mitten im Umzug, komme aber mit der Mittagsfähre auf die Insel. Sobald ich in meinem Haus bin, melde ich mich. Wenn Sie mir dann eine besondere Freude machen wollen, bringen Sie vom Fährmann etwas zu essen mit. Ich bestelle für uns beide vor.

Also bis später.«

33. KAPITEL

Kaum hatte sie das Gespräch beendet, als ihr Stellvertreter mit Mike Jansen ins Büro stürmte. Was ist denn mit denen los, schoss es ihr durch den Kopf, als auch schon Mike Jansen einen Ausdruck auf den Tisch knallte.

»Wir haben ihn«, grinste sie, »unseren großen Unbekannten.«

Verblüfft betrachtete Kathrin Hansen das Brustfoto eines etwa vierzigjährigen Mannes.

Frontal ausgerichtet blickte er genau in die Linse. Auf seiner Brust war die Nummer einer polizeilichen Registrierung eingeblendet.

»Wow, das ist ja irre. Mike, wie bist du denn daran gekommen?«

Mike Jansen grinste über das ganze Gesicht und blickte ihre Chefin an.

»Kathrin, das willst du nicht wirklich wissen, aber es ist der Typ, der mit Veronika Hindich und Ella Katz in der Kölner Bar gewesen ist.«

Jetzt war es an Kathrin Hansen, die eine

Überraschung parat hatte.

»Falsch, Mike, ganz falsch.

Dieser Mann war mit den beiden Frauen in keiner Kölner Bar. Also nicht in der Szene auf dem Foto. Aber fangen wir von vorne an, wie verhält sich das mit dem Foto?«

»Genau, gehen wir der Reihe nach vor, aber«, Mike Jansen blickte zu ihrem Lebensgefährten hin, »ich brauche einen Kaffee. Olli, bist du so lieb und besorgst mir einen?« Entschuldigend gab sie Kathrin Hansen zu verstehen, dass es durch die Recherchen am frühen Morgen für sie kein Frühstück gegeben hatte.

»Es ging nicht anders, ich musste fertig sein bevor, aber«, sie winkte ab, »das ist unwichtig.«

Nun, sie musste nichts erklären, für Kathrin Hansen war klar, dass ihre Kriminalassistentin mal wieder ihre besonderen Fähigkeiten eingesetzt hatte.

»Alles klar Mike, schieß los.«

»Es ließ mir einfach keine Ruhe, dass wir keine Möglichkeit sahen, den Mann zu identifizieren. Auf dem Foto sieht man nur sein Profil, mit dem wir nichts anfangen können.

Eine falsche Denke.

Mir ist nämlich durch den Kopf gegangen,

ob er vielleicht eine kriminelle Vergangenheit hat. Schließlich sind die Frauen, mit denen er zusammen war, nicht gerade jungfräuliche Bräute. Also, ist er mit dem Gesetz in Konflikt geraten, konnte es ja sein, dass er Erkennungsdienstlich erfasst wurde. Und wie so etwas vonstatten geht, kennen wir ja.

Heißt: Foto frontal, Foto im Profil. Dazu noch die Kennnummer, und sein Steckbrief steht.«

Ungläubig schüttelte Kathrin Hansen den Kopf.

»Aber du hattest doch überhaupt keinen Ansatzpunkt, wo er registriert sein könnte. Wie geht denn dann so was?«

»Nun, Kathrin, die Technik geht weiter und die Digitale Technik entwickelt sich mit Lichtgeschwindigkeit. Es gibt Programme, die können anhand eines kleinen Merkmals im Gesicht eines Menschen seine Identität bestimmen.

Wenn er registriert ist.

Irre, oder?«

Mit einer steilen Falte auf der Stirn blickte Kathrin Hansen ihre Kollegin an.

»Mike, auch wenn ich mit diesen Dingen nicht mehr auf dem Laufenden bin, weiß ich doch, dass solche Programme auf Rechner laufen, die an zentrale Server angeschlossen sind. An Riesenteile, die selbst in Polizeipräsidien nicht stehen.«

Zustimmend nickte Mike Jansen.

»Kathrin, ich weiß um deine Befürchtungen, verstehe sie auch, aber mach dir keine Gedanken, die Tür ist zu und keiner wird jemals erfahren, dass ich den Raum betreten habe. So, und nun zu dem Mann hier.

Gut, dass du sitzt.

Hennes Zinks, 42 Jahre alt, deutscher Staatsbürger, unverheiratet. Derzeit gemeldet in Hamburg, was aber nichts zu bedeuten hat. Der Mann ist viel unterwegs.« Mike Jansen bemerkte, wie ihre Chefin die Augenbrauen hochzog und nickte ihr zu.

»Du ahnst es schon.

Ja, wir haben einen dicken Fisch an der Angel, einen Killer. Ein Mann, der in dem Verdacht steht, Auftragsmorde auszuführen. Präzise, schnell, ohne Spuren zu hinterlassen, mit denen die ermittelnden Kollegen etwas anfangen konnten.«

»Säßen wir jetzt im Fährmann«, knurrte Kathrin Hansen, »würde ich einen Schnaps ausgeben, aber hier muss wenigstens noch ein Kaffee drin sein.«

»Mir geht es genau so, ich frage Ava, ob sie

uns einen aufbrühen kann«, meinte Mike Jansen. Sie blickte Friedrichs an und fragte ihn, ob er einen Tee möchte, zu Hause hatte sie bemerkt, dass sein Frühstück aus einem Glas Orangensaft bestanden hatte.

»Gerne, wenn es Ava nichts ausmacht.«

»Bestimmt nicht, sie ist doch unsere gute Seele«, erwiderte Mike Jansen und verließ den Raum.

»Olli«, Kathrin Hansen blickte ihren Stellvertreter sorgenvoll an, »du weißt, was es bedeutet, wenn wir einen Killer am Hals haben?«

»Du meinst eine Sonderkommission, externe Kollegen hier auf der Insel?« Unruhig rutschte er auf seinem Stuhl hin und her.

»Genau. Unser Chef wird uns nicht dem Risiko aussetzen, dass wir uns mit einem professionellen Mörder anlegen. Beim letzten Fall hat er mir einen ordentlichen Anschiss verpasst, weil wir es im Alleingang gemacht haben. Und er hat ja auch recht, außer mir ist hier keiner für so eine Konfrontation ausgebildet.«

Stumm nickte Friedrichs, er durfte sich gar nicht vorstellen, dass Mike mit solch einem Mann Stress bekäme. In dem Moment kam sie zurück und setzte sich wieder zu ihnen.

»Also machen wir weiter«, sagte sie und klappte ihr MacBook auf.

»Wenn ich eben meinte, dass Zinks noch nicht gefasst wurde, war das im Hinblick seiner Tötungsdelikte gemeint. Einmal hat man ihn jedoch geschnappt, als er mit Drogen gedealt hat. Daher auch das Foto vom Erkennungsdienst. Er wurde zu einer Strafe von neun Monaten auf Bewährung verurteilt und ist untergetaucht.

Ein Jahr später wurde in München ein Ehepaar ermordet, ohne dass der Täter je ermittelt werden konnte. Danach geschahen querbeet durch die Republik Tötungsdelikte nach dem gleichen Muster. Ein Muster, das deshalb auffällt, weil die Opfer durch ein Gas betäubt und dann erschossen werden. Und hier noch ein Detail, das dafür spricht, dass es sich um den gleichen Täter handelt. Bevor er sie in ihrem betäubten Zustand erschießt, legt er ein Kissen auf ihr Gesicht und durch dieses hindurch erschießt er sie. Psychologen sind der Meinung, der Täter kann den Menschen, während er sie tötet, nicht ins Gesicht sehen.«

»Irre, das ist doch wohl irre«, stöhnte Kathrin Hansen. »Aber wie ist der Verdacht entstanden, dass dieser Zinks der Killer sein könnte?«

»Nun, es ist so«, erklärte Mike Jansen, »in dem Weltraum da oben schwirren unzählige Satelliten herum und zeichnen auf, was sich auf unserer schönen Erde bewegt. Es ist unglaublich, aber die Bilder sind so scharf, dass zu erkennen ist, wenn einer in die Ecke pinkelt. Und hier ist den Ermittlern der Zufall zu Hilfe gekommen, dass genau dort, wo ein solches Verbrechen geschah, aufgezeichnet wurde. Also nicht explizit das Haus, in dem die Tat geschah, sondern das Stadtviertel, der Straßenzug oder der Hinterhof. Durch ein Zeitraster konnte das genau definiert werden.«

Mike Jansen nahm einen großen Schluck Kaffee, setzte die Tasse ab und blickte ihre Kollegen triumphierend an.

»Und nun ratet mal, wer auf den Bildern zu sehen ist, wer über die Straße geht, oder sich auf einem Platz aufhält? Und das in unmittelbarer Umgebung der Tatorte.«

»Hennes Zinks«, meinte Friedrichs und schüttelte den Kopf. »Das ist ja kaum zu glauben. Doch wieso läuft der Mann noch frei herum?«

»Ich weiß es nicht, vermutlich fehlen die entscheidenden Beweise, um ihn festsetzen zu können. Eine Frage der Zeit, wenn ihr mich fragt.

Aber Kathrin«, Mike Jansen blickte ihre Chefin an, »wie hast du das eben gemeint, als du sagtest, dass dieses Foto nicht in einer Kölner Bar gemacht wurde?«

»Weil es in der Disko vom Seestern entstanden ist. Wir haben die Aussage von Karsten Lenz, dem Wirt. Es besteht kein Zweifel, alle drei Personen hat er erkannt.«

Kurz fasste Kathrin Hansen die Fakten zusammen, trommelte dabei mit den Fingern nervös auf die Tischplatte und stellte sich vor, dass der Killer sich in diesem Moment am Strand herumtreiben könnte. Zwischen Frauen und Kindern, sich vielleicht schon ein weiteres Opfer aussuchte, damit er nicht aus der Übung käme. Eine Horrorvorstellung, die noch lange in ihrem Kopf herumspukte.

34. KAPITEL

Schon beim Einbiegen in den Kavalierpad sah Kathrin Hansen die beiden Möbelcontainer vor dem Haus stehen. Und dann traute sie beim Näherkommen ihren Augen nicht.

Auf beiden Längsseiten der Container sprang ihr das Firmenzeichen *TransLog* entgegen. Hallo, was ist denn das?, schoss es ihr durch Kopf. Verwundert stellte sie das Bike ab und ging auf das Haus zu.

Sie hatte die Haustür noch nicht erreicht, als auch schon Heidkamp ihr öffnete. Grinsend blickte er sie an und zeigte auf die Container.

»Ich glaube, ich muss den Fall wegen Befangenheit, oder noch schlimmer, wegen Vorteilsnahme abgeben.« Dann lachte er, wie Kathrin Hansen es selten erlebt hatte.

»So, jetzt erst einmal hereinspaziert«, meinte er, als er sich etwas beruhigt hatte. Er blickte auf die Tüte vom Gasthof Fährmann und nickte zufrieden.

»Beim Essen lege ich dann die Beichte ab.« Bei dieser Geschichte staunte Kathrin Hansen nicht schlecht, wunderte sich allerdings besorgt über den Einfluss, den Benno Plaschke bereits auf der Insel hatte.

»So, nun aber zu den ernsten Dingen des Lebens«, meinte Heidkamp nach dem Essen.

»Hat sich seit heute Morgen etwas Neues ergeben?«

»Nein.

Meine Leute überwachen den Fährbetrieb, die Flughafenleitung ist informiert, und sobald ein Boot den Hafen verlassen will, überprüft der Hafenmeister den Skipper. Nun müssen wir entscheiden, wie wir mit Veronika Hindich umgehen.«

»Und wie wir Benno Plaschke den Mord an seiner Frau beweisen können«, ergänzte Heidkamp. »Da bewegt sich nun rein gar nichts.«

»Wir sollten mit der Frau anfangen, sie festzunageln dürfte am einfachsten sein«, schlug Kathrin Hansen vor.

»Wir können beweisen, dass sie uns belogen hat, als sie aussagte, die Bar auf dem Foto wäre in Köln gewesen.

Wir können beweisen, dass sie den Mann kennt, der bei ihnen am Tisch stand.

Wir können beweisen, und das dürfte entscheidend sein, dass sie mit Ella Katz an dem Abend, als diese getötet wurde, in der Disko war. Wir haben einen Zeugen, der aussagt, dass sie sich mit Ella Katz heftig gestritten hat, ihr Hausverbot erteilte. Dadurch erklärt sich auch, warum Ella Katz spät am Abend zum Strand gelaufen ist und sich in einen Strandkorb gesetzt hat. Sie wollte dort die Nacht verbringen.«

»Veronika Hindich müsste ihr dann von der Disko aus gefolgt sein«, meinte Heidkamp, »vielleicht hatte sie gar nicht die Absicht, ihre ehemalige Freundin zu töten, wollte nur mit ihr reden, alles wieder zum Guten wenden.«

»Oder nicht sie ist Ella Katz gefolgt, sondern Hennes Zinks, der Killer. Mit dem Auftrag, sie zum Schweigen zu bringen.

Für immer mundtot zu machen.«

»Dann muss es so gewesen sein, dass Ella Katz etwas über Veronika Hindich wusste, womit sie diese erpressen konnte, etwas, dass das jetzige komfortable Leben der Frau zerstört hätte.«

Zustimmend nickte Kathrin Hansen.

»Genau in diese Richtung geht auch meine Vermutung. Ella Katz war finanziell am Ende, ein Zustand, den sie in der Vergangenheit nicht kannte. Als Model in der Modebranche hat sie immer gut verdient, und als das nicht mehr lief, hat sie sich prostituiert. Doch das ging in ihrem Alter auch nicht mehr, oder nicht genug, um einen ausreichenden Lebensstil zu sichern. Da kam sie auf die Idee, Veronika Hindich zu erpressen.«

»Dann brauchen wir jetzt ja nur noch zu wissen, was sie gegen die Frau in der Hand hatte«, meinte Heidkamp trocken.

Frustriert stöhnte Kathrin Hansen auf.

»Was mir zu schaffen macht, ist die Möglichkeit, das Hennes Zinks sich noch auf der Insel aufhält. So ein Mann ist eine tickende Zeitbombe.«

»Es kann aber auch die Chance sein, durch ihn Veronika Hindich überführen zu können. Erwischen wir beide zusammen, kann sie nicht mehr behaupten, ihn nicht zu kennen.«

Nachdenklich nickte Kathrin Hansen, sie überlegte, wie sie vorgehen mussten.

»Die beiden werden sich heimlich treffen, ich tippe auf die Boutique, so wie an dem Morgen, als Mike Jansen sie vom Strand aus verfolgt hat«, sagte sie.

»Eine Liebeslaube, die keiner vermutet. In der Öffentlichkeit, in einem Hotel, kann sie sich mit Zinks nicht zeigen, dafür ist sie schon zu bekannt.« Sie sah zum Fenster hinaus und ihr Blick blieb an den Möbelcontainern hängen. Was geschieht, wenn Benno Plaschke erfährt, dass seine Angehimmelte sich noch anderweitig vergnügt, fragte sie sich. Würde er das stillschweigend hinnehmen, oder stände seiner Lebensgefährtin das gleiche Schicksal wie Ilse Plaschke bevor? Und was würde er mit ihrem Liebhaber machen, ginge der gleich mit über Bord?

»Wir müssen Veronika Hindich überwachen«, unterbrach Heidkamp ihr Grübeln. »Und da wir personell das nicht stemmen können, habe ich zwei Beamte angefordert.« Da er wusste, dass seine Hauptkommissarin allergisch auf fremde Beamte auf der Insel reagierte, hob er beruhigend die Hand.

»Es sind Leute vom LKA mit einer Sonderausbildung. Keiner wird sie wahrnehmen, doch im Ernstfall werden sie zur Stelle sein. Also entspannen wir uns.«

Erleichtert nickte Kathrin Hansen, die Vorstellung, dass ihr Stellvertreter oder Mike Jansen mit dem Killer aneinander geraten könnten, hatte ihr schwer im Magen gelegen. Beim letzten Fall wäre es beinahe schief gelaufen und sie hatte sich geschworen, ihre

Leute nie mehr in eine solche Gefahr zu bringen. Und für sie alleine wäre es ein zu großes Risiko. Sie schmunzelte in sich hinein, noch nie hatte sie sich über so etwas Gedanken gemacht, doch seit Hindrik und sie beschlossen hatten, das Thema Kinder ernstlich anzugehen, dachte sie anders. Wenn ihre Bemühungen Erfolg hatten, würde sie bald Verantwortung für eine Familie haben.

»Danke«, sagte sie und bemerkte, wie ihr Chef aufatmete. Sie wusste um seine Besorgnis um sie und ihre Leute. Um vom Thema abzulenken fragte sie, ob sie sich im Haus mal umsehen dürfte.

»Aber klar«, strahlte Heidkamp, »ich mache den Führer.«

35. KAPITEL

Bei Heidkamp hatte es dann doch länger gedauert, als Kathrin Hansen geplant hatte. Doch sie hatte es nicht fertig gebracht, die Hausbesichtigung ihres Chefs abzubrechen. Er war so euphorisch und glücklich, in das Haus und auf die Insel ziehen zu können, dass sie es nicht übers Herz gebracht hatte, sich früher zu verabschieden.

Dabei war ihr bewusst, dass sie nicht ganz unschuldig daran war, dass er und seine Frau ihren Lebensabend auf der Insel verbringen wollten. Heidkamps hatten keine Kinder und sie war so etwas wie eine Tochter für das Ehepaar. Ihr Chef war nicht nur ein Kollege ihres Vaters gewesen, sondern auch sein bester Freund. Heidkamp hatte sie immer im Auge behalten, doch so, dass sie es nicht bemerkt hatte. Erst spät kam sie dahinter, dass seine Verbindungen ihr manche Tür geöffnet hatte.

Jedenfalls, überlegte sie zufrieden, haben wir

jetzt die Überwachung von Veronika Hindich am Laufen. Noch im Haus von Heidkamp hatte sie in Köln die Firma *TransLog* angerufen und Benno Plaschke verlangt. Als Vorwand hatte sie eine Frage zu der Schweizer Bank, wo seine Frau aufgetaucht war, gehabt. So hatte sie erfahren, dass er nicht bei seiner Lebensgefährtin auf der Insel war, und erst am Wochenende käme. Damit erhöhte sich die Wahrscheinlichkeit, dass Hennes Zinks sich noch auf der Insel befand und sich mit Veronika Hindich treffen würde.

Was Kathrin Hansen zu schaffen machte war Benno Plaschke. Den Mann konnte sie einfach nicht einordnen. Bei dem Telefonat hatte er hilfsbereit und freundlich geklungen, obwohl sie ihn in einer Konferenz gestört hatte. Bereitwillig hatte er Auskunft gegeben und versprochen, sich persönlich bei der Schweizer Bank dafür einzusetzen, dass sie endlich den Videoausschnitt bekämen.

Und doch blieb er der Hauptverdächtige im Mordfall seiner Frau. Wir müssen dieses dämliche Foto haben, knurrte Kathrin Hansen in sich hinein und steuerte ihr Bike in die Hauptstraße zum Bäcker.

Sie warf einen schnellen Blick ins Innere des Ladens und atmete auf. Es gab tatsächlich noch Brot. Um diese Zeit keine Selbstverständlichkeit. Anreisende Feriengäste, die vom Bahnhof kamen, kauften auf dem Weg zur Ferienwohnung oft schon die Regale leer. Gerade stellte sie das Bike ab, als sie eine vergnügte Stimme hörte. Sie drehte sich um und sah den ehemaligen Leiter der Hamburger Mordkommission, der auch zum Bäcker wollte.

»Das ist ja mal eine schöne Überraschung«, meinte Maartens mit einem Lächeln. »Wir haben uns schon eine Weile nicht mehr gesehen.

Soviel Arbeit?«

Er bekneiste sie und nickte.

»Sah jedenfalls ganz danach aus, du musst mit deinen Gedanken irgendwo in einer ganz dunklen Ecke gewesen sein.«

»Da bricht mal wieder der Ermittler bei dir durch«, konterte Kathrin Hansen schmunzelnd. Sie sah sich um und registrierte, dass ein Außentisch noch frei war.

»Wie wäre es mit einem Kaffee, oder wartet Friederike auf dich?«

»Gute Idee, ich bin heute Strohwitwer, Friederike ist beim Verlag, es geht um ein neues Wimmelbuch.«

»Super, dann besorge ich mal den Kaffee.«

Eine Weile unterhielten sie sich über Gott

und die Welt, bis Maartens plötzlich sein Handy nahm, eine Mail öffnete und sie der Hauptkommissarin zeigte. Besorgt wartete er ab, bis sie die Nachricht gelesen hatte und er meinte, ob an der Mitteilung was dran wäre.

Sie nickte und blickte ihn ernst an.

»Leider ja, es sieht danach aus, als ob er auf der Insel ist. Kommt das hier von deinem Kumpel beim LKA?«

»Ja. Die Anforderung von Heidkamp wegen den beiden Beamten, die er zu eurer Unterstützung wollte, lief über seinen Schreibtisch.«

Maartens stöhnte auf.

»Kathrin, der Mann ist ein Killer, ihm werden mehrere Auftragsmorde angelastet. Schon länger ist das LKA hinter ihm her, nur fehlen noch die Beweise, um ihn festnehmen zu können.«

Fast hätte Kathrin Hansen gesagt, dass sie das alles schon wüsste, hielt aber im letzten Moment den Mund. Auch wenn sie Maartens absolut vertraute, konnte sie Mike Jansen nicht bloßstellen.

»Von daher bin ich froh, dass wir die Unterstützung bekommen«, antwortete sie, blickte auf ihre Uhr und nickte zufrieden.

»So, wie eben mein Chef meinte, müssten die

beiden Beamten gleich mit der Fähre eintrudeln. Ich denke, dass sie in meine Dienststelle kommen und wir absprechen, wie vorgegangen wird. Doch vor allen Dingen hoffe ich«, eine steile Falte bildete sich auf ihrer Stirn, »dass es Leute sind, die sich dezent verhalten. Wir dürfen die Feriengäste nicht vergraulen.«

Maartens trank einen Schluck Kaffee und blickte sie beruhigend an.

»Da musst du dir keine Sorge machen, ich kenne die Jungs, die sind in Ordnung.«

Da sie nun einmal die Gelegenheit hatte, das Netzwerk, das Maartens auch im Ruhestand weiter pflegte, anzuzapfen, erzählte sie ihm von den Schwierigkeiten mit der Schweizer Bank. Das diese Sturköpfe sich keinen Millimeter bewegten.

»Dabei kann dieses Foto, das Ilse Plaschke mit einem Mann zeigt, die Entlastung ihres Ehemannes bedeuten. Seine Aussage bekäme einen anderen Stellenwert.«

»Hat Heidkamp sich da schon eingeschaltet?«, wollte Maartens wissen.

»Ja, wir haben eben noch darüber geredet, er wollte nochmal ordentlich Druck machen.«

Einen Moment überdachte Maartens die Sachlage, fuhr seine Verbindungen auf dem

Netzwerk ab und fand eine Möglichkeit, der Hauptkommissarin schnell zu helfen. Zwar nicht ganz auf dem vorgeschriebenen Dienstweg, aber damit hatte er noch nie Probleme gehabt.

»Ich glaube, ich kann in dieser Sache etwas für euch tun«, sagte er.

»Ich kenne da jemanden im Aufsichtsrat des Schweizer Bankenvereins, ein alter Freund, dem ich seine wertvolle Kunstsammlung wiederbeschafft habe. Wenn er sich einsetzt, bekommst du heute noch das Foto. Ich werde ihn sofort anrufen.«

Bevor Kathrin Hansen sich für die Hilfestellung bedanken konnte, meldete sich ihr Handy.

Ava Sari

Sie wusste nicht warum, doch sofort beschlich sie eine düstere Vorahnung.

»Ava, was ist los?«

»Hier kam gerade eine Meldung des Hafenamtes herein. Der Hafenleiter persönlich war an der Strippe.

Sie haben einen Toten.

Er liegt in der Yacht Neptun, und Kathrin«, die Stimme von Ava Sari war nur noch ein Flüstern, »so wie es aussieht, wurde der Mann erschlagen.«

Fast hätte Kathrin Hansen ihre Tasse umgestoßen, ihr Blick wanderte zu Maartens, der sie besorgt anblickte.

»Ava, bedeutet das, wir haben ein weiteres Mordopfer?«

Das dünne »ja«, konnte Kathrin Hansen kaum verstehen.

36. KAPITEL

Ohne die elektronische Unterstützung einzuschalten, trat Kathrin Hansen in die Pedale, und fuhr zum Hafen. Sie hatte es nicht eilig, der Tote würde ihr nicht weglaufen. Und dass sie auch nur eine Nasenspitze vom Täter sehen würde, war auch nicht zu erwarten.

Verdammt, fuhr es ihr durch den Kopf, haben wir etwas übersehen, oder hat dieses Verbrechen mit den beiden anderen nichts zu tun?

Als erstes hatte sie Heidkamp informiert, der sofort zum Tatort kommen wollte. Mit dem Argument, das so wenig Leute wie möglich sich dort blicken lassen sollten, hatte sie ihn überzeugt, sich erst einmal fernzuhalten. Schließlich war, was die Feriengäste betraf, Hochbetrieb. Sie wollte sich den Tatort alleine ansehen, und dann entscheiden, was sie unternehmen würden. Wenn es in dem Fall etwas Gutes gab, dann der Umstand, dass der

Tote in einem Boot lag. Laut Mitteilung der Hafenleitung käme an die Yacht keiner heran, von daher war Stress nicht angesagt.

Eine Yacht als Tatort.

Kathrin Hansen schoss die Idee durch den Kopf, dass unter Umständen der Kahn nach Bensersiel geschippert werden könnte, wo die Kriminaltechnik ihn übernehmen würde. Hörte sich erst einmal unmöglich an, doch den Gedanken speicherte sie ab.

Schon von weitem bemerkte sie die stämmige Gestalt von Hein Larsen. Er stand am Zugangssteg, der zu einer Reihe von Booten führte. Sie stellte ihr Bike ab und checkte schnell die Umgebung. Wie erwartet, war sehr viel Betrieb, wobei sich offensichtlich kein Mensch für die Boote interessierte. Direkt neben der Anlegestelle der Fähre dümpelte das Feuerschiff und war momentan das Highlight im Hafen.

»Moin, Kathrin«, grüßte Hein Larsen und blickte verwundert an ihr vorbei in Richtung Ortsmitte.

»Kommen da noch welche, oder machst du das Ding hier alleine?«

»Hein, alleine auf keinen Fall, aber ich will mir das hier erst ansehen, um entscheiden zu können, wie wir vorgehen müssen.«

Ihre Stirn legte sich in Falten, sie blickte zu den Anlagen und dann den Chef des Hafens an.

»Wer hat den Toten gefunden und wer weiß noch davon?«

»Nur einer, und der steht vor dir«, antwortete Larsen.

»Es war reiner Zufall. Ich war auf dem Weg zur Hafenkneipe dort drüben, um mir etwas zu essen zu holen, als ich bemerkte, dass sich das Haltetau der Yacht gelöst hatte. Dadurch bekam sie viel Spielraum und hätte andere Boote beschädigen können. Ich also hin und sehe, dass der Zugang zum Unterdeck offen stand. Es musste also jemand da sein. Mehrmals habe ich gerufen, doch nichts rührte sich. Irgendwie hatte ich dann plötzlich das miese Gefühl, dass etwas nicht stimmte.

Na ja, ich bin dann unter Deck und sehe den Toten in der Kombüse liegen. Es stank dort unten dermaßen, dass mir schlecht wurde. Dann die ganzen Fliegen, du glaubst nicht, wie schnell ich wieder oben an Deck war. Ich habe dann sofort deine Dienststelle angerufen.«

»Und du hast keinem davon erzählt, auch keinem Kollegen?«

»Nein.«

Larsen blickte sich um und meinte, das

Sicherheitsgefühl der Feriengäste hätte beim ihm oberste Priorität.

»Wenn die hier mit einem Mord konfrontiert werden, reisen die ab, und kommen nicht mehr wieder. Was ich auch verstehen würde.«

Dazu hätte Kathrin Hansen noch so einiges ergänzen können, sagte aber nichts und zog aus ihrer Tasche Einmalhandschuhe und Überschuhe.

»Gut, Hein, dann gehe ich jetzt mal runter und du achtest darauf, dass auch weiterhin keiner was mitbekommt.«

Unter Deck bemerkte Kathrin Hansen sofort den Geruch des Todes. Er war ihr nicht neu, jedoch würde sie sich nie an ihn gewöhnen können. Je mehr sie die Bootstreppe hinunterstieg, umso intensiver wurde er. Sie zog ein Taschentuch aus der Jackentasche und hielt es sich vor Mund und Nase. Schon vor der Kombüse hörte sie das Schwirren der Schmeißfliegen, wie so oft, waren sie die ersten Zeugen des Todes. Kathrin Hansen ahnte, was sie erwartete und hätte sich das gerne erspart. Doch es half nichts, sie musste sich einen Überblick verschaffen.

An der Tür zur Kombüse blieb sie stehen und überblickte die Situation. Auf dem Boden vor der Küchenzeile lag das Mordopfer. Ein

Mann, bekleidet mit Shorts, Polohemd und weißen, mit Blut bespritzten Sportschuhen. Nach der breit gefächerten Blutlache unter seinem Kopf zu urteilen, musste der hintere Teil des Schädels gewaltig was abbekommen haben. Wenn das die Tatwaffe ist, überlegte Kathrin Hansen und betrachtete die schwere Bronzefigur, die neben dem Toten lag, ist der Schädelknochen zertrümmert. Offensichtlich hat der Mann aus dem offenen Regal Gläser entnehmen wollen und wurde dabei von hinten erschlagen. Dafür sprachen auch die Glasscherben auf dem Boden. Und der Täter musste eine Person sein, die mit dem Toten zusammen war, der er vertraute, da war sich Kathrin Hansen sicher.

Oberflächig gesehen gab der Tatort nicht mehr her und sie blickte sich weiter um. In der Wohnraumecke standen benutzte Teller auf dem Tisch, sowie eine Flasche Mineralwasser. Nichts, was einen Hinweis auf die Personen gab, die sich hier aufgehalten hatten. Am Schluss sah sie sich die große Schlafkoje an und bemerkte den Duft eines Parfüms, der in der Luft lag. Dezent, exotisch, etwas ganz Exklusives. Und sie hatte ihn vor kurzem schon mal wahrgenommen. Blitzschnell spulte sie ab, wo es gewesen sein könnte, und blieb an einer Person hängen. Verdammt, schoss es ihr durch den Kopf, ich habe einen Fehler gemacht. Ihr Blick wanderte zu dem zerwühlten Bett, weiter zu einem runden Beistelltisch, auf dem ein Kerzenständer, eine leere Flasche und zwei Gläser standen. Hier dürfte so einiges abgegangen sein, dachte sie.

Aber jetzt reicht es.

Ich brauche frische Luft.

»Hein, kennst du den Toten, ist das der Skipper des Kahns?«, fragte sie, nachdem sie mehrmals tief durchgeatmet hatte.

»Und ob. Stefan Franzen war oft hier im Hafen und hat dann jedes Mal auf seinem Boot gewohnt. In der Regel immer in der Woche für zwei bis drei Tage. Er hätte hier geschäftlich zu tun, hat er mir mal erzählt.«

Geschäftlich zu tun, so kann man es auch nennen, dachte Kathrin Hansen, und Stefan Franzen heißt der Mann auch nicht. Oder Hennes Zinks hatte seinen Namen geändert.

»Also war es so, dass du, nachdem du den Toten entdeckt hast, sofort meine Dienststelle angerufen und dich dann oben hingestellt hast. Somit kannst du bezeugen, dass nach dir keiner mehr auf dem Boot war.

Ist das so gelaufen?«

»Genau so ist es gewesen und geredet habe

ich auch mit keinem. Mein Hafen bleibt sauber.«

Fast hätte Kathrin Hansen aufgelacht, war jedoch Larsen für sein besonnenes Handeln dankbar.

»Hein, dein Verhalten war genau richtig, jetzt muss ich nur entscheiden, wie es weitergeht.« Ihr ging wieder die Überlegung durch den Kopf, das Boot mit dem Mordopfer nach Bensersiel zu schippern. Dann müssten weder die Pathologin noch die Kriminaltechnik auf die Insel kommen. Es gäbe keine Absperrungen, keiner der Feriengäste bekäme etwas mit.

Es wäre die ideale Lösung.

Eingehend musterte sie die Umgebung, überlegte, ob die Spurensicherung etwas finden könnte und wandte sich an Larsen.

»Hein, der Steg hier, der ja auch zu den anderen Booten führt, ist der in den letzten vierundzwanzig Stunden oft benutzt worden?«

»Klar, hier war allerhand los. Boote fuhren raus, andere kamen rein. Wenn du da an Spuren vom Täter denkst, kannst du das vergessen.«

»Sehe ich auch so, doch eine Frage hätte ich noch. Wäre es ein Problem, die Yacht nach Bensersiel zu fahren, ohne dass an Deck mögliche Spuren zerstört würden?«

Kurz überlegte Larsen und meinte, das müsste möglich sein. Die Brücke wäre vorne an Bord, es müsste möglich sein dorthin zu gelangen, ohne den Zugang zum Unterdeck kreuzen zu müssen.

»Super, Hein, ich werde das mit meinem Chef besprechen und melde mich dann bei dir.

Ach«, sie lächelte ihn an, »meinst du, wenn ich dir aus der Kneipe dort drüben etwas Leckeres zu essen hole, dass du es hier noch eine Weile aushältst? Kannst dich ja auf die Reling setzen, so, als würdest du den Feierabend genießen. Ich schicke Olli Friedrichs hierher, um dich abzulösen. In einer knappen Stunde dürfte er hier sein.«

37. KAPITEL

Heidkamp hatte für den Abend eine Krisensitzung angesetzt, und wie schon so oft, im Fährmann. Von seinem neuen Haus aus hatte er das Hinterzimmer reserviert, und die Kollegen der Dienststelle gebeten, zu kommen.

Außer Ava Sari, sie musste als Verbindungsperson die Stellung in der Dienststelle halten. Heidkamp hatte veranlasst, dass ihr etwas zum Essen gebracht wurde, es konnte ein langer Abend werden.

Nachdem ausreichend Mineralwasser auf den Tisch gestellt wurde, gab Kathrin Hansen einen Überblick über den aktuellen Stand.

»Als erstes vorab«, begann sie, »die beiden Kollegen vom LKA waren bei mir und haben sich vorgestellt. Ordentliche Leute, die wissen worauf es ankommt. Sie überwachen die Boutique und das Haus von Plaschke. Beides Orte, wo Veronika Hindich sich aufhalten könnte. Sobald sich etwas tut, setzen sie sich mit mir in Verbindung.« Mit einem ernsten Blick sah sie zu Heidkamp hin.

»Wir haben unheimliches Glück gehabt, dass vor dem Hafenmeister kein Zivilist die Leiche im Boot entdeckt hat. Es wäre eine Katastrophe geworden.«

Tief atmete Kathrin Hansen durch.

»Vor wenigen Minuten hat mich Sonja Klaes angerufen und ihren ersten Bericht abgeliefert. Eigentlich nur eine kurze Info. Danach ist Hennes Zinks seit etwa dreißig Stunden tot und muss bei näherem Hinsehen bereits voller Maden gewesen sein. Stellt euch das mal vor.«

»Besser nicht«, knurrte Heidkamp, »sonst brauche ich schon jetzt einen Schnaps.«

»Todesursache ist eindeutig ein gewaltiger Schlag auf den Hinterkopf. Tatwaffe ist die Bronzefigur, die neben dem Opfer auf dem Boden lag, und tatsächlich hat das Geschehen sich so abgespielt, wie ich es mir am Tatort vorgestellt habe. Hennes Zinks hat nach Gläser im oberen Regal gegriffen und ist in dem Moment erschlagen worden. Sonja Klaes hat mir die tödlichen Schädelverletzungen auch erklärt, aber sorry Leute, so ganz habe ich das nicht behalten. Jedenfalls war es so, dass Zinks in dem Moment, als er nach den Gläsern griff, dem Täter den Rücken zuwendete und dieser hat seine wehrlose Situation blitzschnell genutzt.«

»Was für ein Glück«, warf Mike Jansen trocken ein, »das Schwein hat es nicht anders verdient.«

Wieder einmal staunte Friedrichs über die ordinäre Ader seiner Lebensgefährtin und grinste in sich hinein.

»Übrigens«, fuhr Kathrin Hansen fort und blickte Heidkamp lächelnd an, »hier einmal der Dank im Namen der Bevölkerung von Langeoog an unseren Chef. Ihre Intervention bis hin zum Polizeipräsidenten, die es ermöglicht hat, den Todeskahn, so nenne ich das mal, unbesehen nach Bensersiel schippern zu können, war grandios. Kein Zivilist, und selbst die Hafenangestellten, haben von all dem nichts mitbekommen.

»Wenn das hier jetzt so weitergeht, wird die Runde Schnaps schneller kommen, als geplant«, warf Heidkamp schmunzelnd ein.

»Da wäre dann noch der Duft eines außergewöhnlichen Parfüms, das ich in der Bootskajüte bemerkt habe. Dort, wo das Bett stand.« Vielsagend blickte Kathrin Hansen in die Runde.

»Es ist zwar kein Beweis, aber dieses Parfüm hat Veronika Hindich benutzt, als sie bei mir in der Dienststelle war. Nachdem sie den Raum verlassen hatte, habe ich erst einmal ordentlich gelüftet. Wie gesagt, es ist kein Beweis, aber doch sehr naheliegend, dass sie sich auf der Yacht aufgehalten hat.

Abwechslung in die folgende nachdenkliche Stimmung brachte die Bedienung des Hauses. Jule, wie sie von allen genannt wurde, stellte eine Platte mit belegten Brötchen auf den Tisch und fragte, ob sonst noch jemand etwas möchte. Heidkamp bestellte für sich ein Bier und meinte, das Mineralwasser bekäme ihm nicht. Kathrin Hansen legte sich ein Käsebrötchen auf den Teller und wollte gerade hineinbeißen, als ihr Handy sich meldete.

Eine Mail von Maartens.

Kurz und knapp.

„Als Anhang wie versprochen das Foto aus der Schweiz. Hoffentlich hilft es euch weiter. Viel Erfolg. Bent."

Schlagartig spürte Kathrin Hansen, wie Adrenalin in ihr hochschoss. Geräuschvoll stellte sie den Teller ab, öffnete die Fotodatei und starrte auf das Bild.

»Also doch, ich habe es geahnt«, äußerte sie sich leise und bemerkte, wie ihre Kollegen sie verdutzt ansahen.

»Noch einen Moment, und ihr werdet

staunen.«

Sie zoomte das Foto so groß es ging, und betrachtete jedes Detail im Gesicht der Frau. Dann verkleinerte sie wieder die Abbildung und musste zugeben, dass auf den ersten Blick Ilse Plaschke erstaunlich gut imitiert worden war.

Jetzt bist du endgültig reif, fuhr es Kathrin Hansen durch den Kopf und wischte das Bild auf dem Display soweit zur Seite, bis sie den Mann erkennen konnte.

Schulterlange schwarze Haare, ein kunstvoll gezwirbelter Schnurrbart, auf der Nase eine große schwarze Hornbrille.

Hennes Zinks als Künstler.

Auch nicht schlecht.

Mit einem schmalen Lächeln reichte Kathrin Hansen das Handy ihrem Chef.

»Wir können den Sack jetzt zumachen.

Darauf schmeiße ich eine Runde.«

38. KAPITEL

Noch vom Fährmann aus informierte Kathrin Hansen die beiden Beamten des LKA über die neuste Entwicklung. So wie es aussah, hielt sich Veronika Hindich in ihrer Boutique auf, und die Beamten sollten nichts unternehmen, bis Kathrin Hansen bei ihnen war.

»Verlässt sie den Laden, geht ihr der Frau nach und informiert mich. Auf keinen Fall darf sie euch bemerken. Und seid vorsichtig, sie ist gefährlicher als ein Skorpion und könnte bewaffnet sein«, warnte sie am Schluss.

Kurz besprach sie mit ihren Kollegen, wie sie vorgehen würden, wobei Heidkamp darauf bestand, dass sie Schutzwesten tragen mussten.

»Die Frau hat nichts mehr zu verlieren und war mit einem Killer zusammen, wer weiß, was der so alles einfällt«, meinte er.

»Okay«, stimmte Kathrin Hansen zu, »dann fahren wir zur Dienststelle und legen uns die Dinger an. Mike und Olli, ihr denkt an eure

Waffen. Kurze Zeit später stieß Kathrin Hansen auf die beiden Beamten, die sich so positioniert hatten, dass sie von der Boutique aus nicht bemerkt werden konnten. Kai Brodesser, der ältere der beiden, gab einen kurzen Überblick, wonach sich nichts verändert hatte. Veronika Hindich befand sich in ihrer Boutique.

»Vielleicht hat sie im Laden noch zu tun oder macht Schriftkram«, meinte Brodesser.

»Hm«, Kathrin Hansen blickte auf die Uhr und konnte seine Meinung nicht teilen.

»Einen Hinterausgang gibt es nicht?«, fragte sie.

»Nein, das war das erste, das ich überprüft habe«, antwortete der jüngere Kollege. »Wenn die Frau den Laden verlassen will, muss sie die vordere Tür benutzen.«

»Ladenschluss ist um achtzehn Uhr, jedoch macht Hindich auch Termine nach Vereinbarung«, meinte Kathrin Hansen. »Von daher ist es möglich, dass sie noch Kundschaft hat.«

»Also, das kann nicht sein«, erwiderte Brodesser, »denn das hätten wir bemerkt. In den letzten drei Stunden hat niemand den Laden betreten. Nur eine ältere Frau hat vor etwa einer Stunde den Laden verlassen, mehr hat sich da nicht bewegt.«

»Wann ist die Frau denn in die Boutique hineingegangen?«, hakte Kathrin Hansen nach.

»Tja«, Brodesser und sein Kollege sahen sich verlegen an.

»So ganz können wir uns das nicht erklären, aber genau das haben wir nicht mitbekommen.«

»Was?«

Bei Kathrin Hansen schrillten die Alarmglocken.

»Heißt das etwa, dass eine Frau aus dem Laden kam, die vorher nicht hineingegangen ist?«

Sie wartete erst gar nicht die Antwort ab und stürmte zur Eingangstür.

»Abgeschlossen«, knurrte sie und hämmerte gegen die Tür. Doch auch nach dem dritten Versuch rührte sich nichts.

»Kann einer von euch die Tür öffnen?«, sagte sie und atmete erleichtert auf, als Brodesser nickte.

»Könnten wir, aber das wäre«, weiter kam er nicht. Kathrin Hansen blickte ihn so scharf an, dass er den Rest verschluckte.

»Na gut, auf Ihre Verantwortung«, knurrte er und zwei Minuten später war die Tür auf.

Mit einem Blick erfasste Kathrin Hansen die

Situation. Auf dem Boden lagen Kleidungsstücke, die nur Veronika Hindich getragen haben konnte. Verschiedenfarbige Perücken steckten auf Modelköpfen und der Schminktisch vor dem bodentiefen Spiegel sah chaotisch aus.

Für Kathrin Hansen war klar, dass sich Veronika Hindich in eine ältere Frau verwandelt hatte.

»Na super«, knurrte sie, mehr bekam sie vor Frust nicht heraus.

39. KAPITEL

Ava Sari fuhr vor Schreck zusammen, als Kriminalrat Heidkamp in die Dienststelle gestürmt kam, und sich an den Schreibtisch der Hauptkommissarin setzte.

»Alle eingehenden Gespräche sofort auf meinen Apparat«, sagte er, »und bringen Sie mir eine Kanne Kaffee.

Extra stark.«

Dass der sonst so besonnene Kriminalrat dermaßen unter Strom stand, konnte nur bedeuten, dass etwas mächtig aus dem Ruder lief, durchfuhr es Ava Sari. Sofort dachte sie an ihre Kollegen und wollte fragen, ob mit ihnen alles in Ordnung sei, traute sich jedoch nicht.

»Verbinden Sie mich mit dem Oberstaatsanwalt in Osnabrück«, sagte Heidkamp, noch bevor der Kaffee durchgelaufen war.

»Und Ava, machen Sie Druck, jede Sekunde zählt. Ist er nicht mehr in der Dienststelle, rufen Sie bei ihm zuhause an. Notfalls holen Sie ihn aus dem Bett.«

Jetzt ist aber wirklich Land unter, dachte Ava Sari entsetzt, und fühlte, wie Rumoren sich in ihrem Bauch bemerkbar machte.

Mehrmals hatten sie an der Haustür geklingelt, massiv dagegen geklopft, doch nichts rührte sich. Entweder war Veronika Hindich nicht im Haus, oder sie hatte sich verbarrikadiert. Abwartend standen sie nun im Garten und Kathrin Hansen zeigte auf die Terrassentür.

»Sobald wir das Okay von meinem Chef haben, gehen wir hinein«, sagte sie.

»Warum nicht vorne durch die Haustür?«, meinte Brodesser. »In zwei Minuten sind wir drin.«

»Nein, auf keinen Fall«, bestimmte Kathrin Hansen. »Kommt es zu einer Auseinandersetzung, bekäme das die ganze Straße mit.«

Sie blickte auf ihr Handy und betete, dass die Freigabe zur Durchsuchung bald eingehen würde. Heidkamp wird es mit der Staatsanwaltschaft nicht einfach haben, dachte sie, gegen solche Aktionen sträubt die sich mit Händen und Füßen.

In dem Moment machte es pling und im

Display des Handys erschien ein erhobener Daumen.

„Geht kein Risiko ein, meldet euch sofort, wenn ihr durch seid. Heidkamp."

»Gut, dann mal los«, sagte Kathrin Hansen, informierte über Funk Friedrichs und Mike Jansen, die nach vorne zur Straße hin das Haus absicherten, und ließ Brodesser die Terrassentür aufbrechen.

Mit gezogenen Waffen sicherten sie sich gegenseitig ab, wobei Kathrin Hansen zufrieden feststellte, dass sie nichts verlernt hatte. Nun ja, ihre Sonderausbildung beim GSG war auch nicht gerade ein Spaziergang gewesen.

Im Wohnraum bemerkte sie den Geruch des Parfüms, das Veronika Hindich benutzte. Also musste sie sich noch kurz vorher hier aufgehalten haben. Auf eine mögliche Überraschung gefasst, durchsuchten sie die Räume, registrierten die luxuriöse Einrichtung, doch von der Frau keine Spur.

»Sehen wir uns oben um«, sagte die Hauptkommissarin und ahnte, dass sie zu spät kamen.

»Verdammt«, meinte sie kurz darauf zu den Kollegen, »wir haben sie verpasst. Sie hat die Stunde Vorsprung geschickt genutzt. Doch wo ist sie? Sie wird nicht so dumm sein, und durch Langeoog laufen.«

»Vielleicht ist sie in ein Hotel geschlüpft«, meinte Brodesser.

»Könnte sein«, erwiderte Kathrin Hansen, »eigentlich die einzige Möglichkeit, die ihr bleibt.« Sie nahm ihr Handy, um Heidkamp anzurufen, als ihre Dienststelle im Display erschien.

»Gerade kam eine Nachricht vom Flughafenleiter herein«, hörte sie ihren Chef sagen. »Eine ältere Frau hat versucht, einen Flieger nach Bremen zu chartern. Ihre Schwester läge im Sterben, sie müsste sofort dorthin, so hat sie sich geäußert.«

»Und?«

Kathrin Hansen merkte, wie sich Wut in ihr breit machte.

»Zum Glück war Heinz Petersen so clever und hat sich nicht darauf eingelassen. Die Frau und ihre Geschichte kamen ihm ziemlich dubios vor. Er hat ihr mitgeteilt, dass es am Abend keine Starterlaubnis mehr geben würde und bot ihr einen Platz in der ersten Maschine am anderen Tag an. Als sie diesbezüglich ein Anmeldeformular auszufüllen sollte, musste sie angeblich zur Toilette und kam nicht wieder zurück.«

»Nun wird es eng für Veronika Hindich«, äußerte sich Kathrin Hansen zufrieden. »Sie wird es nicht wagen, ein Hotel aufzusuchen. Wir teilen uns auf, fahren die Straßen ab, und behalten den Strand im Auge. Irgendwo muss sie ja auftauchen.«

»Gut«, stimmte Heidkamp zu, »mehr können wir im Moment nicht unternehmen.«

40. KAPITEL

Es ging bereits auf zweiundzwanzig Uhr zu, als Kathrin Hansen immer nervöser wurde. Sie fuhr mit dem Bike über den Schniederdamm zur Aussichtsplattform. Noch war es hell genug, um von dort oben aus mit dem Nachtsichtgerät die Gegend zu checken.

Von Veronika Hindich hatten sie bisher keine Haarspitze zu sehen bekommen. Sicherheitshalber hatten sie nochmals die Boutique durchsucht, im Anwesen von Plaschke sämtliche Lichter innen und außen eingeschaltet, so, dass jede Bewegung bemerkt werden würde.

Telefonisch hatte Kriminalrat Heidkamp inzwischen Plaschke darüber informiert, unter welchem Verdacht seine Lebensgefährtin stand, und dass sie sein Haus durchsuchen mussten. Am Ende war der Mann zusammengebrochen und Heidkamp hatte die Kölner Kollegen gebeten, sich um ihn zu kümmern. Dabei stand für uns fest, dachte Kathrin Hansen, als ihr Chef sie über das Geschehen informierte, dass Plaschke seine Frau ermordet hat. Nur gut, dass wir nicht massiver gegen ihn vorgegangen sind.

Aber es passte auch alles so gut zusammen.

Sein Haus hier auf Langeoog, in dem er mit ihr zeitweise lebte, ihre Anonymität, keiner hat sich groß um sie gekümmert, ja selbst ein Boot, um seine Frau vor der Küste zu versenken, stand ihm zur Verfügung.

Wie ein Blitz durchschoss Kathrin Hansen ein Gedanke.

»Verdammt, warum hat da keiner dran gedacht?«, murmelte sie frustriert vor sich hin.

Sofort stoppte sie das Bike, nahm ihr Handy und rief Hein Larsen an. Im Hintergrund hörte sie den Fernseher laufen.

»Hein, entschuldige die späte Störung, aber ich habe eine Frage: Liegt derzeit ein Transportschiff der Firma *TransLog* im Hafen?«

»Tatsächlich, der Kahn kam heute knapp vor Feierabend herein. Haben wir eigentlich nicht so gerne, war dann aber keine Sache, da die geladenen Container erst am Morgen abgeholt werden«, bestätigte der Hafenleiter. »Aber Kathrin, stimmt da etwas nicht?«

»Doch Hein, alles in Ordnung, für euch gibt

es kein Problem.« Anschließend rief sie Heidkamp an, der in der Dienststelle immer noch die Stellung hielt.

»Verdammt«, äußerte er sich, »das hätten wir nach dem Verschwinden der Frau sofort überprüfen müssen.«

»Vielleicht hätten wir sie dann gewarnt«, gab Kathrin Hansen zu bedenken. »Ist sie jetzt auf dem Schiff, sitzt sie jedenfalls in der Falle.«

»Bestimmt hat sie geglaubt, wir wüssten nicht, dass *TransLog* die Firma von Plaschke ist«, meinte Heidkamp. »Aber egal, wie gehen wir vor? Ist die Frau bewaffnet, wird es gefährlich.«

»Ich schlage vor, Friedrichs, Mike Jansen und die beiden LKA Beamten nehmen Elektrokarren und kommen zum Hafen. Ich werde sie dort erwarten.«

Einen Moment sagte Heidkamp nichts und sie befürchtete schon, dass er mit der Vorgehensweise nicht einverstanden sei. Doch schließlich gab er sein Okay. Kurz überlegte Kathrin Hansen, ob sie über die Hafenstrasse oder am Damm entlang fahren sollte, entschied sich dann für die kürzere Hafenstrasse. Beim Fahren stellte sie sich die Aufbauten des Schiffes vor und grübelte, wie sie unbemerkt an Deck gelangen konnte. In dem Moment, da sie das Hafengelände erreichte, wurde ihr klar, was nicht ging. Direkt vorne an der abschüssigen Laderampe lag das Transportschiff von *TransLog* im Lichtkegel einer Bogenlampe. Sie war sich sicher, dass Veronika Hindich sich im Steuerhaus aufhielt, um alles überblicken zu können. Jedenfalls war es unmöglich, von dieser Seite unbemerkt an Deck zu gelangen. Ein Aspekt, der Kathrin Hansen überhaupt nicht gefiel.

Sofort rief sie Heidkamp an, schilderte die Situation, worauf er die Kollegen anwies, den Hafen von Osten her anzufahren. Am Yachthafen sollten sie parken und dort die Hauptkommissarin treffen.

Im Schatten des Verwaltungsgebäudes der Hafenmeisterei blieb Kathrin Hansen eine Weile stehen, beobachtete die Hafenanlage, wobei ihr Blick an dem gewaltigen Fähranleger hängen blieb. Wenn überhaupt, überlegte sie, müssen wir es von dieser Seite aus versuchen. Sie registrierte, dass sich längsseitig die Aufbauten des Anlegers und die eiserne Laderampe fast berührten. Als Puffer zwischen ihnen standen vorne und hinten dicke Eichenbalken im Meeresboden, wodurch ein offener Zwischenraum die Anlagen trennte.

Mit einer Bohle könnte der überbrückt

werden, überlegte Kathrin Hansen, doch was ihr Sorgen machte, war die absolute Stille, die über dem Hafengelände lag. Jede Aktion, die sie durchführten, würde Veronika Hindich auf dem Kahn hören. Und dann sah Kathrin Hansen für einen kurzen Moment im Steuerhaus das Glühen einer Zigarette. Zwar nur ein kurzes Aufblitzen, aber der sichere Beweis, dass Veronika Hindich sich dort aufhielt. Erleichtert atmete Kathrin Hansen durch, sie hatte sich nicht geirrt, die Aktion konnte anlaufen.

Doch diese Lautlosigkeit, fuhr es ihr wieder durch den Kopf, hier musste etwas geschehen. Intensiv spielte sie Möglichkeiten durch, doch alle würde Veronika Hindich durchschauen. Würde sie noch wachsamer machen, wobei ihr Adrenalinspiegel den Höchststand schon erreicht haben dürfte.

Plötzlich hatte Kathrin Hansen eine Idee.

Spektakulär.

Aufwändig, und nur mit externer Unterstützung möglich. Doch es war eine Möglichkeit. Sofort rief sie Heidkamp an, schilderte ihm den Ablauf und hoffte, dass er zustimmen würde.

»Grandios«, meinte er sofort, »wenn wir Glück haben, wird die Dame vor Schreck in die

Hose machen und wir können sie in diesem Zustand verhaften.« Dann lachte er so erleichtert auf, dass Kathrin Hansen sich beim Meeresgott über ihren Einfall bedankte.

»Wir müssen mit etwa einer Stunde rechnen, bis die Jungs hier sind«, meldete sich Heidkamp Minuten später zurück. »Ihr bereitet euch vor und wartet bis ich das Okay gebe. In dreißig Minuten bin ich bei euch.«

Es dauerte dann doch etwas länger, bis das Spektakel seinen Lauf nahm.

Aus dem Nichts ertönte plötzlich vom Meer her, knapp vor der Hafeneinfahrt, die dumpfe Sirene der Küstenwache. Selbst Kathrin Hansen, die darauf vorbereitet war, zuckte zusammen.

Alles blieb dunkel, schwarz hob sich das Meer gegen den Horizont ab.

Dann wieder die Sirene, diesmal nervend schrill.

»Mein Gott noch«, stöhnte Heidkamp, der neben Kathrin Hansen stand, »das ist wie in einem schwarzen Theaterstück.«

»Aber riesig«, meinte Mike Jansen grinsend, die mit Friedrichs neben ihnen auf der Bohle hockte.

Dann blitzte plötzlich, bereits in der Hafendurchfahrt, ein grellweißes Licht auf und strich über die Wasseroberfläche in Richtung Anleger. Als Höhepunkt des Spektakels stiegen Sekunden später Leuchtraketen fauchend in den Himmel, es sah aus wie an Silvester.

»An den Jungs sind Bühnendramatiker verlorengegangen«, äußerte sich Heidkamp euphorisch, »denen werde ich einen ausgeben.«

»Wir müssen los«, meldete sich Kathrin Hansen, »wir gehen vor, wie besprochen.«

Es war dann so, dass sie Veronika Hindich in einem Zustand vorfanden, der Heidkamp veranlasste, den Bord Arzt der Küstenwache zu rufen. Sie hatte zwar nicht die Hose voll, doch von der Veronika Hindich, die Kathrin Hansen kannte, war nicht mehr viel zu erkennen. Beide Hände an die Ohren gepresst hockte sie auf dem Boden. Über ihr tränennasses Gesicht verlief die Schminke und die graue Perücke saß so schief auf dem Kopf dass es grotesk wirkte.

Ein Häuflein Elend, dem keiner zutrauen würde, eine mehrfache Mörderin zu sein, durchfuhr es Kathrin Hansen.

Es ging dann auch alles sehr schnell.

Lars Helger, der Kapitän der Küstenwache sprang an Bord, und begrüßte Heidkamp mit einem Grinsen.

»Na, Berend, wie war unser Auftritt, hat es

ausgereicht?«

»Ihr wart überwältigend, ein Auftritt, der in den Annalen der Küstenwache festgehalten werden müsste.«

Lachend hob der Kapitän die Hände.

»Nur nicht, wenn meine Vorgesetzten davon erfahren, kann ich in Pension gehen. Wenn ich sie dann überhaupt noch bekomme.«

»Jedenfalls habt ihr bei uns was gut. Durch eure Hilfe ist es zu keiner Eskalation gekommen. Keine Schießerei, niemand wurde verletzt. Lars, ein großer Dank an dich und an deine Jungs.«

Nachdem der Bord Arzt Veronika Hindich untersucht und ihr ein Beruhigungsmittel injiziert hatte, wurde sie an Bord der Küstenwache gebracht. Heidkamp instruierte seinen Vertreter in der Wittmunder Polizeiinspektion, dass er die Festgenommene in Bensersiel übernehmen sollte. Danach atmete er einmal tief durch und meinte zu Kathrin Hansen, dass ihre Idee mit dem Spektakel, das Veronika Hindich ablenkte, einfach grandios war.

41. KAPITEL

Es war schon Tradition, dass der Kriminalrat nach einem abgeschlossenen Fall die gesamte Truppe in den *Fährmann* einlud. Hindrik und Maartens waren ebenfalls anwesend. Kurz zuvor hatte Heidkamp die Meldungen des Kapitäns der Küstenwache, sowie die Bestätigung seines Vertreters in Wittmund erhalten, dass Veronika Hindich sicher hinter Schloss und Riegel saß. Beim Verlassen des Schiffes hatte sie wie eine Irre getobt und sich geweigert, in das Polizeifahrzeug zu steigen. Nun, ihr restliches Leben würde sie hinter Gitter verbringen müssen.

»Bevor wir zum gemütlichen Teil übergehen, bitte ich um eine Zusammenfassung des Geschehens«, sagte Heidkamp und blickte zu Kathrin Hansen hin.

»Okay, allerdings fehlen uns Fakten, die noch ermittelt werden müssen. Ich stelle den Ablauf also aus meiner Sicht dar. Fangen wir mit dem Mordfall Ilse Plaschke an«, erklärte Kathrin Hansen und blickte auf ihr iPad.

»Obwohl Benno Plaschke mit Prostituierten verkehrte, liebte er seine Frau. Und ja, tatsächlich wollte er mit ihr den Lebensabend auf Langeoog verbringen. Doch dann lernte er Veronika Hindich kennen, die es weniger auf seine Liebesgefühle als auf sein Geld abgesehen hatte. Durch ihn sah sie die Chance, ein für allemal aus den Schwierigkeiten, in denen sie steckte, herauszukommen. Doch da war Ilse Plaschke, von der sich ihr Mann nicht trennen wollte. Zu gleicher Zeit hatte Veronika Hindich eine Beziehung zu einem Mann, den sie wirklich liebte.

Zu Hennes Zinks.

Nun, er war auch nicht gerade abgeneigt, auf Kosten von Benno Plaschke, sich mit seiner Veronika ein schönes Leben zu machen. Und da er bereits einige Morde auf dem Gewissen hatte, war der Gedanke, Ilse Plaschke zu beseitigen, bei ihm vorprogrammiert. Jedoch war es so, dass Veronika Hindich es so aussehen lassen wollte, als ob Ilse Plaschke sich mit einem anderen Mann abgesetzt hätte.

Heißt: Ilse Plaschke durfte nicht mehr auftauchen, sie musste für immer von der Bildfläche verschwinden. Und es muss dann tatsächlich so gelaufen sein, dass die beiden Ilse Plaschke, kurz bevor sie mit ihrem Mann nach Langeoog verreisen wollte, sich geschnappt haben. Wie das vonstatten gegangen ist, darüber wird Veronika Hindich vielleicht einmal eine Aussage machen.«

»Das heißt«, meinte Heidkamp, »dass Veronika Hindich und Zinks mit Ilse Plaschke an die Küste gefahren sind und sie dort auf ein Boot gebracht haben.«

»Genau.«

Zustimmend nickte Kathrin Hansen.

»Es stellt sich dabei die Frage, ob sie zu diesem Zeitpunkt bereits tot war, oder erst an Bord erschossen wurde. Auch hier kann erst die Aussage von Hindich Klarheit bringen. Was das Boot betrifft, handelt es sich vermutlich um die Yacht von Zinks, auf der er selbst den Tod fand. Nun, es war jedenfalls kein Problem, mit dem Boot nach Langeoog zu schippern, und die Tote vor der Küste über Bord zu werfen. Dass an dieser Stelle jemals Meeresboden aufgenommen würde, damit hatten die Täter natürlich nicht gerechnet.«

»Was ich nicht ganz auf die Reihe bekomme«, warf Mike Jansen ein, »aus welchem Grund hat Veronika Hindich ihren Lover auf dem Kahn erschlagen?«

»Auch hier können wir nur vermuten, dass er sie erpressen wollte. So, wie es Ella Katz versucht hat.«

»Was für ein Drama, was für gescheiterte menschliche Schicksale«, stöhnte Heidkamp.

»Aber wir haben es geschafft.

Unsere Insel bleibt sauber«, meinte er mit einem verschmitzten Gesichtsausdruck und blickte seine Hauptkommissarin an.

Kathrin Hansen lachte, dass ihr die Tränen die Backen herunterliefen.

Erschienene Titel um
die Hauptkommissarin
Kathrin Hansen:

Langeoog Haie

Langeoog Tod

Langeoog Blut

Langeoog Flut

Kim Lorenz

Schreibt Langeoog Krimis
um die Hauptkommissarin
Kathrin Hansen.

Gestaltet Malbücher
mit Motiven der Insel
zum Ausmalen.